잠시
詩었다 가자

글 **조하연**
그림 **고희진**

글 조하연

청소년의 마음을 보듬는 '곁애(愛)'에서 활동 중인 시인은
삐딱하고 허름하고 후미진 구석에 깃든 마음을 시(詩)로 보듬는다.
부드럽고 강한 힘을 지닌 시(詩)는 상처에 바르는 연고가 되어주고
시린 가슴은 시(詩)를 딛고 아물어 간다. 그렇게 가시는 시(詩)가 된다.
동시집『하마 비누』『눈물이 방긋』, 그림책『형제설비 보맨』
『소영이네 생선가게』와 시그림책『가리봉 호남곱창』을 냈다.

그림 고희진 작가

아이들과 어르신 속에 깃들어 그림을 지도한다.
선과 색으로 자신의 마음을 그리고 서로의 그림을 공감하며
위로와 성장이 되는 오늘이 되길 희망한다.
성균관대학 미술교육과와 동 대학원 회화과를 졸업하였고
컬러링북『사랑스러운 너를 그리다』를 냈다.

feat.
#시창작연구소 詩소
하고 싶은 말보다 해야 할 말인
주름 같은 시를 쓰고 싶은 시인들이 모였다.
지나온 마음, 머물러야 하는 마음, 건너야 하는 마음
얽히고설킨 지층의 마음을 나누는 詩소이고 싶다.

#도스토리연구소
사회적기업 도스토리연구소가 더불어 귀와 발이 되어주었다.

잠시 詩었다 가자

초판 1쇄 발행 2022년 04월 05일

지은이　　조하연
그린이　　고희진
펴낸곳　　도서출판 곁애
등록번호　제2501-2015-000096호
기 획　　문화예술 협동조합 곁애(愛)
제 작　　시창작연구소 詩소
구술·채록　도스토리연구소 강희정, 고목화, 김수미, 나경숙, 여삼구, 조윤서
주 소　　서울시 구로구 신도림로 13길 51, 1F　**팩스** 02.6442.5552
이메일　　39pretty@hanmail.net　**홈페이지** https://besidecoop.com/
인스타그램 @beside_u_love　**페이스북** @bcbesideu
디자인　　보란듯이

ISBN　979-11-959981-3-5 [04810]
　　　　979-11-959981-9-7 (세트)

가 격　16,000원

시(詩)장 시리즈 **2**

잠시
詩었다
가자

글　조하연
그림　고희진

결애愛

잠시 詩었다 가자 _____

그 무렵 키를 낮춘 시인들이
노랗게 머물며 그러모은 이야기가
한 편의 시(詩)로 글로 피었습니다

평범한 희생이라 더없이 귀합니다
저무는 지도 모를 노을을 붙들 수 있어 다행이며
세상의 어머님 그리고 아버님에게
시상'詩賞'을 건넬 수 있음이 기쁨입니다

[잠시, 詩었다 가자]는
지붕 없는 고향 되어 저물고 지는 날 없이
그리움이 머물다 가도록 이끌어 줄 것입니다

문화예술 협동조합 곁애(愛)

詩나브로
1번가

이야기와 시(詩)로 틔운
시장 골목 어르신의 삶

잠시 詩었다 가자

일곱 기름집 저마다 고유의 고소함이 있어
단골들 그 맛 귀신같이 알아 찾지

6·25 시절을 함께 지낸 아버지 후임 소개로 대구에서 올라왔다 들었어. 그러니까 여 구로 고대병원 자리가 그 옛날에는 보급 부대 자리였다더라고. 내게 구로는 70년대 초반 무렵부터나 비로소 선명해져. 어머님이 기름을 팔았어. 노인들 고향이 대구라 〈경북 기름집〉이라 이름 걸고. 사과 궤짝 하나만 깔고 올려놓아도 금세 싹 팔렸어. 중소기업 사장보다 쏠쏠했지. 달에 오백은 거뜬했으니. 요 골목에 기름집만 일곱이었어. 그런데도 기름이 없지 사람이 없나. 그렇게 오십 년이니, 세월 참 빨라. 그사이 기름집은 일곱에서 넷으로 줄었고. 단골들도 사이좋게 나뉘어 찾아들었지. 오래된 단골이 안 오면 그건 돌아가신 거야. 어지간해선 기름집 바꾸는 일은 없거든.

어려서부터 기름집 문 닫아걸고 바쁠 적엔 배달도 가야 했어. 꼬박꼬박 돈 벌어주는 성실한 기름집이어도 내 할 일은 아니어야만 했어. 좋게 안 보였고. 나대로 내 것 하고 싶었지. 내 것이 뭔지도 모르면서 노인네들 속 많이 썩였어. 면목이 닳아 없어지고서야 기어들어 왔지. 두 배로 부지런히 살아야 했어. 새벽이면 아버지 대신 볶고 짰지. 볶는 걸 잘 볶아야 해. 서두르면 탄내가 나. 센 불로 힘 줬다 식히면서 힘 빼는 게 중요하지. 그날 컨디션이나 기분이 기름에 베. 거참 묘하지. 기름집 저마다 고유의 고소함이 있어. 단골들 그 맛 귀신같이 알아서 찾지. 일정해지기까지 아버지 곁에서 삼십 년을 익혔어. 정신 차리고도 한참을.

기름내 익히느라 삼십 년

기름 짜는 시간
그런 건 없다
미리미리 짜 놓는 거다
기름만 짜도 부족한 시간
씻어 물 빼 불붙여 볶기까지 시간 반
언제나 서두가 길다

마음도 깨도 급하면 타버려
깨 볶는 일보다
중한 건 마음 박자 단속이었다
저마다 지닌 마음 달라
볶아 짜낸 고소함의 무늬도
가지각색 내음이었다

단골만 아는 고소함의 무늬
불 줄이는 때 알기까지 삼십 년이 걸렸다
들쑥날쑥 마음 따라 벌인 신경전
그 시절 아는 동갑내기 기름틀이
투박한 힘을 툭툭 내어 준다

기름 짜는 저 기계가 오십 년 된 거야. 부모님보다 먼저 터 잡고 앉았지. 나랑 갑장이야. 저건 삼십 년 된 거고. 옛날 거는 힘이 잔뜩 들어가 무겁고, 청소하려면 겁나. 하루에 백 병 넘게 짜. 열 번 넘게 짜는 거지. 처음이 제일 오래 걸려. 씻어 놓은 깨 빠질 물 빠지고 기계는 기계대로 열 받다 보면 시간 반 걸리던 게 십 분씩 줄어. 또 십오 분 줄고. 열 시간이면 열다섯 번 정도 짜내. 명절엔 이어 달리는 거지. 가족들 서로서로 바통 넘기면서.

기름은 똑똑 떨어지느라 바쁜데 서른일곱에 딸 낳아 들왔지. 선배 소개로 만난 아내는 딸내미 두 살 무렵 하늘로 갔고. 내 새끼도 제대로 책임질 자신 없어 재혼은 욕심도 안 냈어. 술 좋고 친구 좋았지만 열한 시면 들어가 딸 목욕시키는 일만큼은 빠뜨리지 않았고. 면 기저귀 다 빨아놓고 새벽 3시에 잠들어 다시 6시에 일어나 기름 집으로 달려갔지. '아빠' 소리면 거뜬했어.

배달 가 새끼 하나 달랑 데리고

결혼도 않고 서른일곱에 딸 하나 낳았다
나도 모자라 어머니 아버지한테 덤까지 안겼다
아빠 소리는 눈물이 고여 드는 소리였다
시장 바닥서 장돌뱅이로 자라 사방이 엄마였다
데리고 사는 일만 지켜냈다
다 자라 나 대신 배달을 가는데
나처럼 영영 가는 뒷모습이 아니다
아비가 되니 일렁이는 등의 표정이 보인다
뒷모습만 평생 내 등만 보았을 우리 아버지
허물어진 노인의 저 뒤꼍은
모두
내 작품이었다

족쇄이자 계륵인 줄 알았던 기름집이 은인이었어. 이제 쉬는 날 누워있으면 더 빨리 깨. 집에 있으면 몸도 더 아프고. 집에 누워있나, 가게 누워있나 그러니 그냥 나와 있는 거야. 동네 동생들 지방서 일하다 들려도 가야하고. 그러니 뜰래야 뜨나. 나나 단단히 정신 차리면 될 일이고.

경북지름집

조하연 시인

엎드린 사과 궤짝 위로 소복이 쌓인 기름병
오가는 공단 여공들 발길에 봄 눈 녹듯 스러졌다
사방이 기름집이어도
언제나 모자란 건 기름이어서
골목 덥힌 고소한 막 가실 날이 없었다
어린 눈에 그게 싫어
기름집으로부터 멀어지는 일기를 온몸으로 썼다
배달 간다 하곤 군대로
배달 간다 하곤 먼 나라 건설 현장으로
배달 간다 하곤 술장사해 말아도 먹고
배달을 하러 갔다 새끼 하나 달랑 데리고도 왔다
용수철처럼 도망가 돌아오면 이 자리였다
겨를 없는 어머니의 허리
짬도 부족한 아버지의 하루
시장길 헤집고 오는 할매들 느려진 발걸음
기름때 엉긴 백색 전화에
여전한 공일일 손전화까지
돌아올 적마다 보이는 것들이 늘었다
아버지 기름내 놓치느라 이십 년
익히느라 삼십 년 흘려버리고
오십 년을 미끌려 오니 처음 그 자리다
아버지와 나 여공과 중국 동포 그리고 다시 나
두루 짜낸 오십 년
기름은 지름 되고
지름은 주름 되었다

곱창 볶는 일쯤이야 눈 감고도 하지. 눈 감는 건 자신 있어.
늙는 것이 아니라 익는 것이 무서운 것이여. 절로 되는 거여,
그 때는.

1
"가리봉도 호(好)시절 있었더랬지"

시간 남을 때면 복숭아고 과일 쪼개서 끓여갖고 통에 넣어두었다가
이쁜 손님들 오믄 믹서에 갈지. 놔두면 뭐 되남. 나누는 거지. 결혼?
62년도에 했으니. 58년 되었네. 팔십이여, 내가 인자. 결혼이 환갑
이네! 결혼이 환갑이여. 89년도 묵고살 요량으로 가리봉에 호남곱
창집을 열었지. 그땐 중국 음식이 어딨어. 곱창집만 여덟이었는데.
여부터 저 끄트머리 말여. 호남곱창, 제일곱창, 진미곱창, 해태곱
창, 목포곱창, 영광곱창, 광주곱창, 털보곱창 곱창집마다 테이블이
꽉꽉 찼더랬어. 그 땐, 초록불 꺼질 날 없었지. 돈을 거둬 벌어. 한
판에 이천 원짜리를 막 갈아엎었응게. 해남서 대농(大農)하다 다 없
애 붙고 여 왔는데 요것이 잘 되더라고. 일꾼 하나 안들이고도 농사
짓는 것보다 나았응게. 시장 꼴목이 꿈틀거렸지. 사람이 빽빽해서
리어카가 못 빠져 나갔응 게. 지금은 나밖에 안 남았지. 나마저 없

으면 영원히 사라지는 거지. 우덜 시절이 말여. 몽창 말여.

2
"맘도 사람도 간을 잘 맞춰야 혀"

그러다 자고 났는데 공기가 바뀐 거지. 중국 바람이 훅 불더니 서로 막 싸우고 난리도 아녔어. 무슙고 그랬지. 원래 들고 나고 할 때 귀신들이 요란한 법이여. 귀신들도 지들 방 빼고 넣는 일인데 어디 수월 컸어? 것도 지나믄 잠잠해져. 바람이 진종일 부나 어디. 순대랑 겉절이 단골이 인제는 중국 동포야. 을마나 잘 머근디. 막 담은 걸 좋아해. 내 김치는 한 번 머그면 그칠 수 없어. 그건 내가 알아. 비결? 게양 힘껏 담아 갖고 오든지 말든지 하믄 되는 겨. '머그봐라 머그봐라, 맛을 봐야 맛을 알지. 맛을 봐야 맛을 알지.' 왜 샘표 간장 선전 안 있냐. 그래 내가 이래 주고 먹여줘. 일단 머그 보믄 다매 말할 것 없고.

곱창에서 김치로 은근슬쩍 넘어갔지. 세대교체 세대교체 안 하는가? 주구장창 곱창만 고집할 수 없지. 팔릴 걸 맨들어야지. 내 것은 1위여. 전라도 사람 아니냐 내가. 바닷바람도 고향 바람도 내 손에 깃들어. 할미 어미가 주둥이에 옇어 준 거 새처럼 받아먹고 자라 그거이 여 식도를 타고 내려가 손 끄터리 마디마디 안 살아있는가. 시어머니 헌티는 물간을 배웠지. 딱 맞는 그 물간 말여. 손에서 깨깟한 말간 물이 똑똑 떨어져. 어째 깨끗이 잘하는지. 똑 떨어져뿐단 말 알지. 마침표여. 딱 마침표.

해남서 목포까지 가가꼬 양념을 사. 고추도 깻가루도 질 좋은 놈으로다가. 황석어 맥적에는 오만 거 다 갖다가 가마솥에 대려. 맷집좋은 놈 그거스로 뭐를 담군 들. 묵은지 내놓으면 관솔이라는 거이있어. 설란에서 나온 관솔. 그 불댕기면서 타는 거. 송진같이 생긴거. 빛깔 고운 맛깔 나는 거 보고 관솔 족족 같다고 왜 안혀냐. 전라도 말로 '관솔족 같이 맛 나겄다' 그랴. 그거 쫙쫙 찢어 밥에 얹어 머그른 고길 왜 머그. 그라고 보니 옛날 풍경 그 맛이 관솔족일세. 이제는 안 디야. 재료가 그 시절 맛이 아니여. 내 여 마음에 시어머이김치 맛이 알만치 익어 있는 거지.

3
"애끼야 할 데가 있고 애끼믄 안 될 곳이 있어. 때를 알아야 혀."

호남곱창 자리 얻기 전에 노상에서 떡볶이를 팔았는데 사 분에 한번씩 사람들이 쏟아져. 지하철이 뱉어내면 새 떼 마이로 와그르르몰려와 머그. 순대 떡볶이 일곱 판을 갈았응게. 삼백 원 이백 원이래 팔아도 하루 이십 오만 원 벌었으니까, 월급보다 실했지. 실패하고 서울 와 쏟아지는 사람 보고 놀라는 통에 슬퍼하고 말고 할 겨를이 어디 있어.

부지런히 벌어 호남곱창 얻었지. 눈 와도 비 와도 마음 놓일 곳 있다는 게 어딘디. 공단 사람들 여섯 시면 퇴근을 이리로 해. 삼 년만할랬던 게 손님 두고 내일 내일 하다 삼십 년 된 게지. 깻잎이고 야채고 다 여 안에서 사다 써. 호남상회, 제일상회, 중앙상회 여서 다 되지. 여서 다 쓰야 하고. 곱창만 하루에 오십 근씩 받아다 썼는 걸. 그놈 싹 썰어놓으면 재료준비야 끝이였지. 인자 어깨쪽지가 어긋나가꼬 곱창 대신 내가 병원을 드나들지만. 주사 맞으믄 쪼까 견디지고. 쓰믄 또 아파야. 근디 그기 순리지. 보통 썼는가.

그래도 기둘려져. 시절이 그 시절 사람이 말여. 그러다 찾아오면 어째할지를 모르겄어. 반가워서 말여. 지난번에도 한 무리가 와서는 그들도 낫살들이 솔찬히 되었지. 절머 시절에 와가꼬 허기를 채웠다고 내가 그대로 있응게 반갑다고 거스름돈 오만 원짜리를 안 받아. 뭐 사 잡수라고. 와 주는 기 어딘디. 희안하게 쓸쓸하고 공핍할 땐 배가 텅 비어. 녹아 버리는지 채워도 비고 채워도 비고. 그 안 채우는 일이 좋았지, 좋았어.
간간이 김치 담아놓고 '너무 담았나?' 할 때도 있어. 그럼 덜어 내냐고? 덜믄 안 되는 거시지. 그런 지서리 안 해야 해. 드렀다 났다 배 안에 들이는 거 갖고는 그라는 거 아녀. 나잇살 이렇게 먹어 가꼬 돈 어디다가 쓰겠다고.

서울 와 겪은 맘 중 질루 힘들었던 맘이지. 이놈의 땅 게양 떠나야지. 밤중마다 결심했다니깐. 사람 살 때 아니다 함시롱. 그러니 나는 반대 맘으로 그리 안 해야 씨겄다. 장사 갖고 싸우지 말고. 그리 안 해야 씨겄다. 내 안에 까시랭이 되었어. 인자 살다 살다 생각하니 그게 버티게 해줬다 안 하는가. 그 거시 중심이 된 거지. 삼십 년 축이 된 거여. 여 가리봉 시장에 딱 박힌 축 말여.

비법 알키달라고 절믄 사람들이 왜 찾아도 오지. 제대로 갈키 주고 이만하면 되었다 싶어 보내도 그 맛이 안나. 손맛? 그렇지 그것도 있지, 아무렴. 그란디 재료야 재료. 애끼야 할 데가 있고 애끼믄 안 될 곳이 있어. 그때를 알아야 혀. 매늘은 써그믄 못 머그. 시골서 농사지은 매늘 집에서 머근 걸로 다대기를 맨들어야 해. 신화당 같은 조미료 옇으믄 음석이 써고. 물은 지름으로만 해야 하고. 기본이여 기본. 보이지 않잖아. 양념은. 보이지 않는 것들이라 더 좋은 놈들을 씨야는 겨. 그게 멀리 돋보이는 겨. 그래야 오래 버텨. 뭘 하든.

4
"늙는 것이 아니라 익는 것이 무서운 것이여"

그라도 내 피부는 안직 소녀여. 양산 씨고 댕겨야해. 안 그럼 익어 부려. 남은 소원? 요래 살다 손주들 용돈 주는 할매 노릇 가붓이 하는 기지. 그러다가 너무 춥지도 덥지도 않은 날 '오매오매 잠에 죽어 부렸다더라!' 그 말 듣고 갔으면 좋겠구먼. 그래 기도해. 잠잘 때 불러주쇼, 하고. 괜찮은 기도지? 곱창 뽀끈 일쯤이야 눈 감고도 하지. 눈 감는 건 자신 있어. 늙는 것이 아니라 익는 것이 무서운 것이여. 지절로 되는 거여. 그때는.

김주사네 초장 머그러 가자

조하연 시인

진도서 나고 자랐지
바다 향 안 나는가?
곧 결혼이 환갑이여
우리 집 아자씨 해남군 산이면 농협 다닐 적엔
'김주사네 초장 머그러 가자'가
한잔하자는 윙크였지 ·
뿌신 찹쌀 똥그라메 구멍 뻥 뚫버
장 대리는 날 넣어가 꼬창 담가 맨든 초꼬추장
막 잡아 온 낙찌보다 그 맛이 좋았다면 말 다 한 거지
초장이 뭔 안주라고.
김주사네 목포 나와 초장 단지 한 자까지 싹 없애 불고
싹둑, 가리봉 호남곱창 호남댁 되었지
삼 년만 할랬던 게 손님 두고 갈 수 없어
내일 내일 하다 고만 삼십 년 되었응게
가지런허던 여덟 곱창집
그 실허던 이 다 나가고
이잔 여 하나 남았어
잇몸으로라도 여서 시절을 뭉개야지
나마저 없으면 영 사라지는 거 아녀, 우덜 전부 말여.
삼십 년이면 바람도 갈아타
중국 바람 불더니

싸우고 찢고 할퀴고 난리도 아녔지
원래 드고 날 땐 귀신들 요란한 법이여
방 빼고 넣는 일이 어디 소랍단가
지나믄 것도 다 사람 사는 일이지
잠잠하지 않고는 바람 지도 못 버티지
이자는 단골이 죄 중국 동포들인걸
막 담은 김치를 음마나 좋아하는디
할미 어미가 여준 거 새처럼 받아먹고 자라
그거이 손끝 마디마디 스며 손맛이 되었지
어깨너머로 익힌 시어머이 물간은 어떻고
바람 맞다 보면 내가 바람이 돼
가만 가만 몸뚱어리 맡기면 내가 축인 겨
달 가고 해가는 대로 자는 듯 둥둥 데려가 달라고 기도햐
괜찮은 기도지?
긍게 억지로 축내지 마
눈 감았을 때 보이는 걸 잘 붙들어
눈 감고도 나헌티 떳떳하믄 되는겨.

살아보니 나쁜 일 다 좋은 일되었어
궁지에 몰리니 이 악물고 더 잘살게 되잖아
도리 잘 여물게 하고, 자존심하고 자식 지켰으면 된 기지
고조 뭘 더 바라

1

여덟 살 무렵 문화혁명이 일어났어. 초등학교 일 학년도 제대로 못
지내고 다시 학생일 수 없었어. 시골서 일만 했지. 곧고 성품 너른
아버지가 공부하게 해달라고 학교 만들어 달라고 세상을 향해 외치
는 목소리 그 뒤를 후렴처럼 따랐어. 스물다섯 도시로 시집가기 전
까지 말이야. 농사를 지어도 버는 건 일 이 전 뿐이니 어째. 북한에
한 번 다녀오면 그래도 몇백 원 버니 그거라도 벌자면 보따리 장사
해야지. 그 땐 북한이 잘 살았어. 중국서 물건 갔다 팔아 돈 싸가지
고 오는 거야. 북한 화룡시를 두 번 건넜고. 장산을 지나 소련 가 삼
년, 러시아 가 삼 년. 장사하러 말이야. 북한을 어찌 갔냐고? 당당히
는 못 갔지. 해관한테 다 뺏기잖아. 다들 사는 게 고단하니깐. 저 짝
해관이 빠짝 준비하더라고. 그리갖고 내가 "순복아, 해관 분들 드릴
순대 삶은 거 아 있나?"하니 해관들 정신을 발딱 놓아서는 순대를
하나도 안 남기고 들이키더라니까. 그 덕에 하나 죽지 않고 무사히

건너왔지. 그런 요령을 써야 해. 안 그러면 다 뺏기고 답 없어. 떠돌며 빈 주머니 채우다 애들 중학교 공부시킬 무렵 딱 접고 돌아왔지. 가난할수록 배우는 건 소홀하면 안 된다던 아버지 외침이 아직도 귓가에 생생한데 그땐 어땠겠어. 돌아와 훈춘 시내에서 식당을 했지. 큰아들 한영이 앉혀놓고 대학 꼭 가야 한다. 그 거이 길이다. 주문인지 뭐를 소리만 히죽히죽 할 밖에.

2

열심히 착하게 사니까 이웃들 보기에 딱했는지 사는 건 모르는 일이라고 끝까지 질끈 살아보라는 말만 되돌리고 되돌리드만. 하기야 나도 그들도 안 가본 길이니 어쩌겠어, 가 볼 밖에. 어머니가 '시어른들 뫼시고 살아라' 승낙하시니 '내 할 일이다' 마음 거두고 한 거지. 그나저나 차린 식당이 신통칠 않았어. 애들 공부시키면서 여기 돈으로 빚은 천만 원이나 되고. 우리 아저씨 달에 십만 원 벌어오지. 다른 수가 필요했고 한국을 가야 했어. 결혼을 해야만 당당히 가는데 내가 택할 건 밀입국뿐이었지. 더 어찌 미뤄. 뭔 방법이라도 있으면 해야지. 세 번 만에 대련을 건너갔어. 일흔 세 명이 밀입국하려고 서 있는 거야. 배 지하에 밀어 넣는데 칠월이었어. 얼마나 더워. 한국 가기도 전에 질식하거나 썩어 죽을 판이었지. 배가 흔들리기를 한 두어 시간 지났나. 한국에 도착하면 동생이 마중 나온다 하니 그저 그때만 기다린 거지. 눈 좀 붙이자 싶어 잠들까 하는데 빨간 조끼를 둘러멘 공안이 총을 들고 들이닥치는 거야. "언니야 틀렸다." 옆에 아가 그라드만. "큰 맘먹어야지." 말은 그리했어도. 내도 사람인디 심장이 들락날락 안했겠나. 그대로 끌려가서 보름을 갇혀있었지. 세상에 거 갇혀서도 잘들 먹더라고. 나는 못 먹겠던데.

집단이 하도 크니께 중국 뉴스에 다 났다니까. 우리 아저씨는 그것도 모르고. 여하간 반달 만에 집에 돌아왔더니 백 이십 만원 벌금이 올라온 거지. 창피해서 밖에 나가지도 못했어. 싹 망해가지고 또 들어앉게 되니 아, 이거 큰일 났다 싶고.

3

수가 있나. 다시 살 방도를 찾아야지. 어딘가 하든 은행 식당으로 간 거야. 거서 꼬박 십 이 년을 일하다가 동생 요청이 떨어져가지고 한국에 온 거지. 떳떳하게 왔어, 그때는.

동서남북을 몰라 첨엔 혼났지. 한두 달 일을 찾는데 황달병, 영양실조가 와 버린 거지. 빚 벗으러 왔는데 길이 막막한 거야. 잘 못 자고 잘 못 먹고 병은 나고 돈은 없고. 약국에 가 약사가 신경 써 그렇다고. 사천오백 원짜리 약을 딱 세 번 먹었어. 이야, 진짜 그 약사 잘하더라. 그리고 간병 일을 갔지. 사십 먹은 아저씨 간병하러. 내 앞에 아줌마가 성격이 사나와 가지고 막 혼내는지 아줌마를 짤라 버리고 나를 구한 거야. 천생 못 해본 일 인 거라. 너무 열심히 하니깐 퇴원하면서 나를 데리고 자기 집으로 갔어. 그 집안이 다 선생님, 약사, 공무원 이런 거라. 나는 간병으로는 기술이 하나 없었어도 마음 착하고 일 잘한단 소리 들었지. 진심은 그래 통하는 건지.

다섯 달 꾹 채우고 그 집 나와 동생하고 식당을 차렸어. 육백만 원 들고. 하루에 만 원. 삼만 원. 손님이 비자가 있나 뭐가 있나. 죄다 불법이니까 단속하면 못 나오고 해서 식당에 손님이 없었어. 메뉴도 다 비슷하고. 또 난 금방 했으니까 단골이 있겠어, 뭐가 있겠어.

그러니 누가 내 식당에 오겠어. 한 일곱 달 자니 마니 하다 낮이고
밤중이고 가리봉을 막 돌았지. 세상 그때가 벌써, 15년 전이네.

4

이래 싹 보니, 우리 집이랑 똑같은 건 있는데 소고기국밥, 그것만
없더라고. 소고기를 어서 파는지 알아냈지. 버스 탈 줄도 몰라. 더
듬고 물어보고. 몸으로 공부해 소고기국밥을 끓여 냈어. 그랬더니
한 사람이 먹고 한 사람 데려오고 또 한 사람 데려오고. 가리봉 시
장에 소문이 나가지고 집마다 모두 다 소고기국밥인 거야. 더불어
파도 탄 거지. 그렇게 바다 된 거고. 식당 시작할 때 가리봉에 금산
각 그 아래로 룡정식당 그 다음에 압록강식당 지금은 압록강인데
그 땐 압록강식당이라 했거든. 고향 이름들 걸었어. 나는 훈춘식당
이래 해 놓으니까 고향 분들 지나다 훈춘이 섰다고 한 번씩 돌아보
고 들어오는데 신기한 게 '오싱'을 알아 봐.
내 옛날 별명이 '오싱'이였거든. 그 일본 소설인지 영화인지에 나오
는 추운 겨울 맨발로 밥 짓는 꼬마 '오싱'이랑 내가 꼭 같다는 거야.
시부모나 시어머니나 신랑한테 계속 충성하는데 씩씩하다고. 그
'오싱'이랑 성격도 같다면서 여기 진짜 '오싱'이 나타났다고. 그래
가지고 보자마자 '오싱'이란 별명이 달린 거야.

근데 하루는 손님이 '오싱 언니' 그라는 기야. 뭔 소리 하냐고 나를
어찌 아냐 하니. 영자마을 있을 때, 그 촌마을 이름이 영자거든. 훈
춘 시내, 영자촌. 그 영자촌 '오싱'을 그리 알아본 거지. 그 뒤로 영
자촌 '오싱' 가리봉에 있다고 소문이 났어. 고향 분들이 그렇게 '오
싱'을 찾아 와. 여 몇 안 되는 테이블 고향 분들로 다 찰 때도 있으

니깐. 그래도 어디 좋은 날만 있나. 한번은 한국 손님이 와서 중국 갔다 왔다며 중국 돈 백 원을 내는 거지. 거스름돈을 달래. "아저씨 줄 게 없는데" 캤지. "한국 돈 줘야 되는데"카니. 마시던 병을 깨 가게에 유리가 박살이 난 거지. 무서워 뛰어나가 경찰을 불렀지. 경찰이 '어떻게 처리할까?' 묻더라고. 처리 따로 없다고 고조 보내 달라고 못 오게만 해달라고. 그러곤 안 오더라고. 병에 안 맞았으니 다행이지. 맞았으면 몇 번 죽었지. 것도 옛일이야. 가리봉 혈기도 갈수록 줄어. 지금은 물렁물렁 물렁해졌지.

성실히 국밥 말아 빚 다 갚고. 큰 아들, 작은 아들 그리고 아저씨까지 집을 세 채나 샀으니. 쉬우면 되나. 큰 아들 북경에서 가게를 싹 말아먹고 왔지. 15년도지 아마? 그 덕분에 덕분이야. 그 덕분에 내 옆에서 이렇게 나란히 식당 하는 거잖아. 어미랑 아들이랑 나란히. 훈춘식당 2호야 2호. 서울 시내 각지에서 다 와. 중국식, 연변식으로 딱 하니깐. 이 일이 내한테 맞아. 삼십 팔 년인데 이것만 그래도 안 질려. 입쌀밴새, 감자밴새, 물만두 몇십 가지 몇천 가지 다 해봤지. 아이 될 껀 안 하고 저 버릴 껀 저버리고. 지금은 소고기 개고기 전문으로 해. 반찬도 내 팔고. 큰돈 못 벌어도 섭섭지 않아. 이만해도 충분해.

5
큰아들이 곁에 있으니 든든하고. '대흥식당' 아들 식당 이름이야. 아들은 꿔바로우랑 볶음종류를 잘해. 일본 가서 오래 있었지. 6년? 4년 학교 다니고 졸업하고 2~3년 작은 바 하나 했지. 일본이 한국이랑 비슷하잖아. 꿔바로우 이런 건 조선족 민족 음식은 아니거든. 아들 식당이랑 메뉴판 똑같이 해 놓고 엄마 거 주문 오믄 내가 해 주고 아들 거 주문 오믄 아들이 해 오고 그러지. 큰아들 낳았을 때 보다 대학 보냈을 때 더 기쁘더라고. 시골에서 시집와 공부시켜 대학 보낸 게 내 헌 티는 '아이고. 세상에 이런 일 있구나, 이래 기냥 열심히 살면 되는구나.' 싶었지. 요전 날은 작은아들이 그러데 '우리 집 네 식구, 다 자기 하고 싶은 거 하고 산다고. 젤 불쌍한 게 엄마라고. 이제부터 하고 싶은 대로 하고 살라고.' 쪼그마할 때도 그러더니 잘 컸어. 머스마 둘 키우면서 슬플 일 없었으면 된 거지 뭐 '오싱'처럼. 그 시절에도 가난한 거 빼면 동네서들 많이 부러워했어. 시집와 한 번은 욕 아니 보나. 아저씨 성질 사납지만 내가 좀 맞춰주면 되고. 고조 이렇게 참고 이렇게 하면 신랑 뽈도 작아져, 화도 내려가. 성격이 사라진 다음에 내가 타이르면 이웃들이 웃어 재미있게 산다고. 내 속은 썩어 문드러지는데 진짜 그렇게 살았어. 지금까지도 그래. 한국 온 거, 여 와 고생한 거 젤 잘한 일이야. 다들 그렇게 살잖아.

다 고생하는데 어떤 사람들은 억울해해, 서러웠다고. 과거 생각하면 그렇다고. 그럴 거 없어. 살면서 미움받지 않고 살았으면 된 거야. 힘은 들었어도 왜 좋은 기억이 없어. 그 훈춘서 은행 식당 다닐 때 알고 지내던 그분들 퇴직 하믄 그뿐인데 퇴직하고 와서 팔아 주느라고 팔아주고. "'오싱'이 가리봉에서 식당 한다." 왜 소문내 줬다고 했잖아. 다 와 보고 봉투도 가져다주고. 훈춘에서도 가리봉 가면 '오싱'있다고 소문들 내고 다녀준다니. 지나간 세월 잊힌 사람 생각 안 해도 그뿐인데. 지금도 훈춘에 전화하면 '고조 언제 오나 같이 살다 죽자.' 그 소리밖에 없어. 나도 가고 싶어. 다시 훈춘

'오싱'으로 돌아갈 수 있으면 동네 친구들 모여 마작도 치고 춤도 추고 장사 나갈 걱정도 않고. 생각만 해도 싱글이 벙글하고 그래. 그럼 된 거지.

가리봉 오싱 언니

조하연 시인

서둘러 도시로 시집가는 게 도리였어
'시어른들 뫼시고 살아라'하는
어머니의 승낙은
흐르고 쌓이고 피듯이 감돌아
걷지 못하는 시어머니 맵짠 시할아버지
어르신 넷에 어린것 둘을 덤덤한 덤으로 포갰지

가만가만 앉았어도
위험을 무릅써도 아슬아슬
가난이 절절했던 날이라
어드메든 어드메든 나서야 했고

채워도 비고 채워도 비는 호주머니 장난질에
하루가 그악스레 증발해도
'학교 학교' 외치던
아버지 외침 쥐고 가누면 그런대로 우연만했어

모르는 일이니 모를 일이었던
시집을 간 건지
고생을 산 건지 모를 시간을 지나
훈춘 시내에 식당을 펼쳤어
익힐 것 덮혀 전하는 것도 철이 있는지라
딱 접고 돌아올 힘을 냈지

이리저리 굴러도 오뚝이라고
훌쩍 털고 일어나 반짝 웃는다고
오싱, 오싱 그랬어
그래, 어린 오싱도 그랬지
맨발로 눈밭을 넘어도 어깻바람 지었지
속 변변할 리 없어도 울 시간 없었을 테고

오싱, 오싱 그래 주니
오싱인 것만 같았어
'살아보자 살아보자' 후렴 같은 다짐에 걸터앉으면
오싱이란 말이 시금치 같아
마주 앉는 굴절마다 오싱 되어 해냈어
저무는 노을도 뜨는 해도 서럽지 않았지

훈춘을 이고 가리봉에 내려
고향을 따 '훈춘식당'이라 간판 걸고
가리봉 시내를 뱅글뱅글 도는데
소고기국밥, 딱 그것만 없어

말 태가 틀려 흘리는 말 더 많았지만
부추는 염지, 상추는 불기
적고 또 적으면서
기어이 소고기 파는 곳도 알아냈지

오싱이 끓인 가리봉 원조 소고기국밥 되어
시렸던 시절마저 두어 번 더 토렴해 건네면
휘휘 돌아 내장에서 속까지 뜨끈하게 갔지
바깥 살이 헛헛한 속 깊게 깊게 덥혔어

이만하면 원망대로 다 되었어
살아보니 나쁜 일 대개 좋은 일로 여물던걸
궁지에 몰리니 이 악물게 되고
사이사이 도리만 잘 영글게 두었어

자존심하고 자식 지켰으면 된 거지
고조, 무얼 더 바라

잠시 詩있다 가자

인생은 언제나 현재 진행형이잖아

글씨 쓰느라 생을 다 보낸 것 같아. 하루가 쌓여 이렇게 높아질 줄 그땐 몰랐지. 시집와 살기 시작한 구로서 지금껏 살고 있어. 앉은 자리에 풀 날 때까지 버티는 건 잘하지.

난 우리 애들처럼 서울서 나고 자라지 않았어. 열일곱에 돈 벌러 올라왔지. 맨 처음 디딘 곳이 안양에 있는 일본인이 운영하는 회사였어. 6개월인가 지내다 신창동으로 직장을 옮겼지. 창동 앞에 '신'자를 새로 붙여 만든 마을로 기억해.

결혼해 구로로 와 정착한 거지. 신랑이 해외 근무가 잦았어. 애들 어릴 때 인도네시아로 갔거든. 유치원, 초등학교 다니기 시작하면서 나도 점차 여유가 생기더라고. 학교 어머니회에서 서예 강좌 있다고 연락이 왔어. 서예랑 인연은 그렇게 시작된 거야. 붓하고 벼루와의 첫 만남도 그 무렵이고. 학교서 시작해서 전문적으로 선생님 찾아 영역을 더 넓힌 거지.

지금이야 금방 써내지만. 옛날엔 한 장 쓰려면 한 시간은 훌쩍 걸렸지. 연습만 해도 시간 훌쩍 가고. 조용히 시간 보내기 이만한 게 없었어. 병풍도 두 개나 만들었어. 한자 알아가는 재미도 좋았어. 그렇게 익히다 보니 대학을 가고 싶은 거야. 조금 더 익혀서 널리 알리고 싶은 거지. 제대로 배워보자 하는 마음에 대전대학에 들어갔어. 마흔 중반이었나? 암튼 04학번이었어. 졸업하고 바로 대학원을 또 갔지. 가족들이 묵묵히 지지해줬어. 그래서 더 해낼 수 있었어. 대전까지 다니느라 진땀 뺐지. 밤에 잠을 거의 못 잤으니. 글씨는 계속 쓰고 싶거든. 밤이고 낮이고. 새벽 첫차 타고 나서야 하는데 말이야. 그렇게 종종거리면서 서초역에 가면 지방대학에 가는 버스 행렬이 줄지어 서 있어. '내가 참 많은 걸 경험하는구나.' 하는 생각에 감격스러운 날도 많았지. 정말 서울 인근 각지에서 오는 것 같아.

단독으로 서예학과가 있는 곳은 우리 학교뿐이었어. 지금은 글자디자인학과로 바뀌었는데. 서예, 먹으로 하는 건 우리뿐이었지. 석사, 박사 과정을 다 마쳤는데. 논문을 아직 못 쓰고 있어. 논문을 넘겨야 진짜 박사가 되는데. 아직은 그냥 수료인 거지. 애들 결혼도 해야 하고. 논문이 탄력 받을 때 썼어야 하는데 시기를 놓치니 다시 시동 걸기가 힘들더라고. 주민센터 강의도 하고. 복지관 어르신들 수업도 하고. 작품 활동도 꾸준히 해. 전시도 하고.

잠시 詩었다 가자

그 사이 신랑은 인도네시아에서 돌아와 다시 스리랑카로 필리핀으로 가장 노릇 하느라 또 애썼지. 지금처럼 전화가 잘 돼 있기나 해? 주인집 전화를 써야 하는데. 시차도 반대니. 오밤중에 전화 주고받고 해야 하니 눈치 뵈잖아. 그러니 무소식이 희소식이니 소식 없어도 그러려니 하자 했지. 그런 세월을 살았어. 곁에서 지켜본 사람들은 대단하다고 어깨 많이 토닥여줬지. 돈 걱정 크게 안 하는 것 같으니 고생 안 하고 좋겠다며 팔자 놀음 한다고 말하는 건 언제나 그렇지만 적당히 거리 있는 사람들이 하는 말이고. 이런저런 사람 있는 거니깐. 가깝고 먼 사람 있는 법이고.

이곳 서실도 정으로 사람으로 엮인 공간이야. 벌써 팔 년째거든. 이 건물에 승강기가 없어서 옮겨야 하나 고민될 때 있거든. 근데 주인 할머니 아흔넷인데 여기 걸어 올라 다니시는 거지. "월세 깎아 줄 테니 죽을 때까지 있어"하며 붙잡으셔. 정이잖아. 인덕이지. 살아온 세월 이렇게 돌아보니 혼자 산 게 아니야. 보살펴 준 마음이 곳곳에 얼마나 많던지. 요즘 그 마음을 자주 느껴. 우리 서실 주인 할머니 "난 오늘 밤 죽을지 몰러" 하면서 지금까지 계셔. 그래서 너무 감사해. 할머니 기운이 좋아 그런지 서실에 들르는 수강생들도 한결같아. 주로 어른들이 많고. 지루해 할 법도 한데 흠뻑 빠진 초등학생더러 있고. 요즘은 추사체에 빠져 연구하면서 써. 주로 예서잖아. 우리나라 선조 글씨체가 유독 좋아. 예전엔 그냥 글만 잘 쓰면 되지 했는데. 시대별, 나라별 특징을 알아가니 재밌어. 구별해가는 일이.

큰 애가 일기장에 '서예 하는 엄마 모습이 감동이다' 적어 놓은 걸 봤어. 애들 자기 전 거실서 글씨 쓰는 걸 보고 들어갔는데 다음날 새벽까지 글씨 쓰고 있으면 잠안자고 또 글 썼냐 묻거든. 낮에 자면 되니까. 깜깜한 밤에 집중이 더 잘 되고. 정신없이 빠질 수 있는 나만의 무엇이 있어서 행복해. 아이들 앞에서도 보람되고. 딱 마음에 드는 호가 없어 여럿 중에서 아직도 고민 중이야. 마지막으로 교수님이 빚어 준 '마음에 심은 구름'이라는 뜻의 심(心) 운(雲)을 따 '심운 서당'이라 일단 서실 이름은 걸어두었어. 인생은 현재 진행형이잖아. 더 마음에 드는 호가 떡하니 또 나타날지 모르니 설레는 마음으로 기다려 보려고. 나를 다스려주는 고마운 붓, 이만한 벗 없어.

검정 속에 흰 길이

서영식 시인

살아 보니 인생이 그렇더라
나는 무르디무른 먹과 같아서
벼루처럼 단단한 세상에
문대지고 문대지기만 한 줄 알았는데
정신 차리고 보니 내가 스친 자리마다
먹이 지난 자리마다 먹먹하게, 숱하게
땀들이 농익어 있는 거더라

살다 보니 인생이 그렇더라
나는 희디흰 화선지와 같아서
숯검정처럼 시커먼 세상에
문대지고 문대지기만 한 줄 알았는데
정신 차리고 보니 세상이 스친 자리마다
그 어둠들 지난 자리마다 진하게, 연하게
붓 길이 길을 열고 있는 거더라

검정 같은 세상에 검정 같은 눈물을
쏟고 쏟아야 글이 되고, 길이 되고 마침내
밥이 되는 것을, 벼루처럼 차고 단단한 세상이
그제야 아름답게 보이는 것을

살아 보니 보이더라
검정 속에 흰 길이

잠시 詩었다 가자

한 귀로 듣고 흘리는 삶 살아내느라 가슴 후빈 거 애들이 알아줘

가운데 마디야. 오빠 둘 언니 하나 아래로 동생 둘이 있거든. 어머
니는 여름이면 모시옷 짓고, 겨울이면 명주 한복 지어 할아버지께
드렸어! 아직도 선해. 훈장님이셨거든. 오빠들은 할아버지 훈장님
을 기억하는데 난 학교에 다녔어. 아버지보다 오빠 둘이 더 살벌했
어. 경주 최씨, 대단했지. 어두워지면 바깥은 나갈 수 없는 곳이 되
었어. 밥상 앞 자세는 또 어떻고. 나는 팔팔팔팔 명랑했거든. 그러
니 얼마나 힘들었겠어.

안양 시내에 여중이 있었어. 동네서 스물이 시험을 보러 갔는데. 다
섯이 붙은 거야. 붙으면 뭐 해, 딸이라고 결국 안 보내 주는데 그게
젤 한이야. 부모님 일 돕다 몇 해 흘려보내고 열여덟 무렵 방직공장
엘 들어갔지. 어머나 공장에서 사람들이 죄 공부를 하러 다니는 거
야. 그냥 이끌리듯 따라갔어. 일 마치고 학원가 공부하고 다시 안양
시내로 바쁘게 오갔지. 헌데 몸이 말을 안 듣는 거야. 지금은 끄떡
없는데. 옛날엔 빼짝 말랐거든. 몸 추스르고 다시 공장 들어가 지내
다 스물세 살 쯤 결혼을 했지. 같은 공장 직원이었어. 공장 마을 분
들이 다리를 놔 주신 거지. 중매인지 아닌지 암튼 애매하게 만나 결

혼인지 아닌지 모를 것을 하고 여 구로동 소방서에 터 잡았지. 결혼하고 정신 들고 보니 장남이더라고. 장남도 장남이지만 그렇게 힘들게 사는 줄은 또 몰랐고. 어쩔 거야, 열심히 살아야 할 이유가 생긴 건데. 때마침 경남 양산 태창기업이 월급을 조금 넉넉히 준다고 해 바로 그리로 터를 옮겼어.

큰 애 1학년 될 때까지 잘 다녔지. 그런데 하루는 저 냥반 서울 다녀오겠다더니, 돌아와 장사하겠다고 사표를 던진 거야. 연대 다니는 시동생에 그 밑으로도 공부 중인 동생이 더 있었거든. 얼마나 뜬금없어. 영문도 모르겠지만 따라와야지 별수 있나.

서울 와 처음 한 게 식당이야. 식당을 차려 놓으니까 엄마가 와서 꿈 얘기를 해. 태몽 얘기를. 숟가락 한 판 광주리에 담아 왔더라는 거야. 왜 엄만 그런 꿈을 꿔 가지고 나 식당 하게 만들었냐며 공연히 엄마한테 원망을 퍼부었지. 일 년에 주방장을 다섯도 넘게 바꿨어. 마지막 주방장은 소개해 준 곳이랑 의견 충돌이 났는지 일하다 도마에 칼을 팍 꽂기도 하고 무서워 벌벌 떨었지. 숨을 못 쉬겠더라고. 험한 말도 들어 봐야 익숙한 법인데 나한테는 남의 나라 같았어. 해서 그 사람 보내고 한식이고 특별한 게 아니니 '내가 해야겠다' 마음먹었지. 손님이야 조금 덜 받자 생각하면 되니깐 내가 했어. 그런데 웬걸, 손님이 더 와. 느는 거야. 애들도 돌 봐야 하는데. 딸내미 할머니 집에 맡기고 아들은 유치원도 안 들어갔는데. 엄마랑 살 거라고 할머니 집에 안 간다고. 울고 땡깡 피우다 삼촌들한테 두들겨 맞아 눈덩이 밤탱이 된 적도 있어. 그날 내 여 가슴팍에도 멍이 퍼레 들었지. 그래도 스물일곱 해 묵묵히 구울 거 굽고, 볶을 거 볶아 애들 결혼 다 시켰지. 생긴 거 보고 석 달하면 길게 할 거다 때려 칠 거 다 했는데 끝없이 하더라는 거지.

서러운 거 얘기하자면 만리장성도 모자라. 이제 와 얘기하면 뭐 어쩔 거야. 우리 애들 잘 자라줬으면 된 거야. 이만치 살고 나니 몸이 신호를 보내더라고. 그만 정리하라고. 해마다 두 번씩 수술할 일이 생기는데 알겠더라고. 속으로 곪아 쌓이면 여지없이 몸에 틈이 생겨. 참 신기하지. 살아보니 마음 편한 게 장땡이야.

공부가 한이 되어서 새끼들 박사 만들려고 했는데 어디 내 마음을 따르나. 억지로 되지 않는 게 사방에 널렸는걸. 한이야 내 한 인 거고 어디까지나. 잡생각 늘어질 시간에 성당 다니면서 봉사했어. 하다 보니 불평할 게 줄더라고.

동생이 수녀라 수녀님들 보면 도울 일 없나 유심히 보게 되고. 그러려니 차 한 대 있으면 좋겠더라고. 배움이 굶주렸잖아. 굶주림 그 허기는 끈질겨. 틈만 있으면 비집고 올라오는 거야. 공부해 면허를 따서는 식구들 몰래 차를 사 그냥 몰았지. 바퀴가 날개여. 배울게 없을까. 못 갈 곳 있을까. 봉사할 곳이 어디여도 좋더라고. 어르신들 한글 지도해드리고 그러다 보니 영어를 배워둬야 되겠더라고. 그래서 나는 나대로 또 영어 공부를 시작했지. 컴퓨터 기본도 가르쳐 준다고 해서 공단으로 출근도 했고. 궁금하면 막 물어. 궁금한 게 많아질수록 자꾸 배우고 싶은 게 들어 문제지. 그림도 그리고 싶어. 피아노도 배우고 싶고. 열심히 배우고 익히다 가야지. 아프다 빌빌거리면 우리 딸 얼마나 걱정해.

내 걱정은 안 시키고 싶어.

차 샀다고 또 얼마나 혼났게. 나이가 몇인데 차를 사냐고. 서운하냐고? 딸이 엄마 같아 그럴 땐 누가 나를 그렇게 걱정해. 딸이니 하지. 한 귀로 듣고 흘리는 삶 살아내느라 가슴 후빈 거 애들이 알아줘. 그럼 된 거지.

선한 끝에 핀 해바라기

김미옥 시인

할아버지는 훈장님이셨고 어머니는 엄하셨지요
양갓집 육 남매 중 넷째로 명랑한 소녀였어요 공부하고 싶었지만,
아버지는 허락하지 않았어요
그때는 순응하는 게 인생이거니 했지요
마음속엔 배움의 허기가 있었지만 외면했어요
방직공장 다니며 집을 돕다 결혼도 했어요
세상 둘도 없는 효자이고 책임감 강한 남편과
시동생들 공부시키고 출가시켜야 했지요
사람 상대 적성에 맞지 않았지만
한도식당서 이십 칠 년 모질게 성실했어요
성실한 희망, 가족 모두 우리만 쳐다보는걸요
제 입에 들이는 것처럼 정성을 들였죠
단골이 생기자 시동생들 훨훨 날아갔어요
아이들도 제 짝 찾아 날아갔고요
공 없이 견디며 살아온 서러움
목젖까지 치받칠 때 있었죠
고됐던 마음이 몸을 쳐 암 수술도 해야 했고요
나도 행복하고 남도 행복한 일을 하기로 했어요
운전을 배웠어요
세상을 누비며 배우고 싶은 게 참 많았거든요
선한 끝에 핀 해바라기처럼
세상을 누비며 흔들리고 싶어요
나로 인해 당신을 빛냈던 것처럼
이젠 나도 빛나고 싶어요

불행도 가만 보면 스스로 짓는 거야

6남 1녀 중 장남이야. 충남서 살다 초등학교 2학년 무렵 서울로 왔지. 추억? 추억은 좋은 거 아닌가? 그렇다면 추억이랄 게…. 아버지는 진작 집을 나가 버렸고. 어려운 형편에 홀어머니랑 어린 동생들 데리고 사느라 하루가 길었지. 서울공고 나와 배가 고파 바로 취직해야 했어. 당시 방직공장을 젤로 알아줬지. 일도 일이지만 군대를 서둘러 다녀와야 했어. 해병대가 29개월로 복무가 짧아 지원했는데 제대할 무렵 월남으로 간 거지. 포항에서 눈 떠보니 호이안이야. 155밀리 4.2인치 포병을 밤새 쏘는데 불바다가 따로 없었지. 몸뚱이는 멀쩡히 돌아왔는데 귓 속이 막혔는지 신체검사 할 적마다 그노무 소리가 무색무취 인 거야. 일본 도요타에서 공장으로 A/S가 들어오는데 한국어도 제대로 안 들리지, 방직공장 기계 소리는 줄어들 생각을 안 하지. 도무지가 일을 할 환경이 아닌 거야. 애들 키우다 말고 공장 일을 그만뒀어. 그땐 그게 도리라고 생각했고. 먹고 살아야 해서 사촌 형 도움받아 시장 안에 정육식당을 차렸어. 회사 다닌다고 거만한 게 남아선 장사 그거 우습게 알았지. 다 겪어봐야 아는 거야. 그 뒤로 삼십 년 가까이했지. 장사하면서 여동생한테 사람 된 거 같단 소리도 들었고. 마음 비우고 성실하게 식당일만 했으면 좋았을 것을 욕심을 부렸어. 상가 분양에, 닭 장사에, 금은방도 차려봤지. 1~2억 까먹기가 얼마나 우스운 일인 줄 알아? 인생 개코야. 생긴 대로 살아야 해. 지나고 보면 요새 베짱이 젤루다 편해. 애들 시집 장가 다 갔어도 잠자코 있기만 할 수 있어? 세상 돌아가는 거 구경은 해야지.

식당 접고 용달차 타고 슬슬 배달 일했지. 뭐 잠깐 하면 십 년이야. 사업자 내놓고 가고 싶으면 가고 내 의지대로 하면 되니 이만하면 그만이고. 올해로 일흔셋이니 일이 년이면 이것도 고만 내려야지. 뭘 하나 탔으면 쭉 타야지. 끝까지 타고 봐야 해. 가봐야 알지.
돌아보믄 애들한테 두고두고 미안하지. 자영업을 하더라도 애들 좀 키워두고 하라 하고 싶어. 운대를 못 맞춰서 애들도 우리도 고생이 컸지. 그래도 열심히 살았어. 삶의 결과만 보면 안 되는 거야. 과정이 중해. 미안해도 열심히 산 거 애들이 알아. 잘살고 못 살고 중요할 테지. 하지만 인생 생긴 대로 주어진 환경에 애쓰는 게 중요하잖아. 박스 줍는 일 열심히 하면 창피해할 거 없는 거야. 열심히 하면 되는 거야. 불행도 가만 보면 스스로 짓는 거야. 비교하다 짓고. 괴롭히며 짓고. 목사가 강론하는 거 같지? 어려부터 책을 좋아했었어. 목사가 꿈이었었고. 선과 악의 양면성 그 안에서 선한 쪽으로 마음이 기울더라고. 정의로운 마음, 삶 이런 게 좋더라고. 분명 어려서는 그런 고민을 했었어. 모진 아버지 덕에 마음 기준을 더 꽉 쥐어 잡았던 것도 같고. 폭력적인 아버지한테 뜨거운 방에서 벌인지 고문인지 모를 것을 받았던 기억이 오래 따라다녔어. 애먼 동생들 앉혀놓고 잔소리로 풀었지. 자식들 잘 키워라. 윽박지르지 마라. 때리지 마라. 가혹하게 하지 마라. 그래야 큰다. 그렇다고 막 풀어주면 또 안 된다. 조절을 잘해라. 목사 못 된 형이 동생들 앉혀놓고 설교 되지 못한 중언부언만 늘어놨더랬지. 그러다 보니 한 생이 이렇게 가네. 칠십 하고도 반 토막이 흘렀으니 말이야.

별 짓는 법

조하연 시인

고생 앞에는 쩔쩔
이 쩔쩔을 붙여줘야 간이 맞다
그냥 고생은 맹탕이다
일찌감치 아버지는 아버지 자리 사표 내고 덕분에
엄마는 별을 짓는 별짓 다 하는 가장이 됐다
그 곁에서 조간신문도 돌리고
방직공장 들어가 공원 사원에 생산부장까지
십 년을 쏜살같이 달렸다
스물아홉 아내를 맞던 날
그 옛날 아버지가 떠올랐다

잠시 詩었다 가자

해병대를 나와 월남으로 포항에서 다낭 호이안으로
포병 155밀리 4.2인치 월남전을 펼치던 날
세상의 소리가 절반으로 쪼개져 들려왔다
희미한 목소리 반쪽마저 영영 잃어버렸다
소슬바람은 두고두고 뭉텅이로 매서웠다
정육식당에 오도 가도 못하는 귀 매달고
고기도 팔고 고기도 구웠다
이른 아침부터 저물녘까지 하루하루를
길어낼 밖에 다른 수가 없었다
삼십 년 단골도 쌓였고 삼십 년 눈물도 쌓였다
무시로 느는 건 지구력이었지만
무시로 느는 건 미안함이었다
별짓 다 한 어머니에게도
여섯 동생들에게도
그러느라 빗금으로 뒤쳐진 아이들과
아내에게 가장 그랬다
아버지가 뽑어낸 주먹도
뜨거운 방에서 절절 끓던 벌도
그 무엇도 내 아이들에게 휘두르지 않았지만
다만 그것만 안했다

쪽방이 조금씩 자라 이만큼 살만해졌어

충남 예산 신양면 연리서 태어났어. 6.25 무렵 부모님은 십
남매를 낳아 길렀고. 가난해 허기를 밥 먹듯 먹었어도 초등학교
졸업에 아래 동생들은 고등학교까지 마쳤으니. 그 풍경 본보기로
살다 보니 이만치 왔네. 아직도 시골 가면 칠십 넘은 기곡 초등학교
12회 동창들 모임이 있어. 솔방울 주어담던 배곯던 시절 얘기 나눌
벗들이 지금도 살지.

열여덟에 애들 아빠를 만났어. 그 옛날 어쩌다 연애를 한 거지. 영
등포 역전 신세계 자리에서 세탁소를 했거든. 친정 오라버니 심부
름을 갔는데 그러니까 시어머니 자리가 나를 마음에 들어 하셨어.
되레 우리 부모님이 남자 키가 조금 작은 거 아니냐며 잠깐 반대하
셨었지. 먹은 마음을 뭔 수로 돌려세우겠어. 남들보다 이르게 결혼
했지. 둘이 부지런해야 했어. 여동생 둘이 있었거든. 좋은 짝 만나
혼인시키는 것까지 우리 몫이니깐. 구두 한 켤레 못 사줘 보냈어.
생각하니 또 눈물 나네. 시누도 넷이야. 넷인데 다 잘해. 세탁소 세
월만 삼십 년. 그렇게 자식 넷 낳아 키웠어. 딸만 낳았어도 우리 어
머니 밥을 그렇게 잘 해주셨어. 여적 다리 아픈 줄 몰라, 어머님 덕

이야. 세월이 갈수록 그 시절 어머니가 그리워 나도 모르게 눈물이 흘러. 쪽방에서 쪽방으로 옮기는 사이 쪽방이 조금씩 자라 이만큼 살만해졌어. 안 해본 일 없지. 세탁일이 여름에는 백만 원도 안 되니. 튀김도 만들어 팔아 시장서 옷도 팔아 중국집도 해봤지. 세탁소가 영 시원치 않으니깐. 남편 친구가 중국집 기술을 알려줬거든. 한팔 년 했지. 근데 이것도 나가는 게 만만찮은 거야.

세탁기술이 있으니 옷 장사도 괜찮겠더라고. 목동 남부시장에 자리 얻어 곧잘 했지. 직원 관리 잘하라고 잔소리 들어도 마음 비우고 했지. 손님들 수선을 같이하니 그렇게 좋아하는 거지.
이제 자리가 잡히나 하는데 건물 주인이 새로 짓는다고 빼달라는 거야. 비워주지 말라고 때 부리라고 하는데 남편이랑 나는 그러지 말고 비워주자 했어. 평화시장 간 길에 알고 지내던 사장님한테 가게 빼게 생겼다 하소연 했더니 물건 다 가져오라는 거야. 그러더니 크로커다일 물건 내줄 테니 남부시장에서 맡아 해보라는 거지. 세상이 이래, 본사에서도 쉽게 안 내주는 걸, 우리 부부 뭘 보고 크로커다일 간판을 걸어 준 거야. 돌아보니 인연이 릴레이야. 부서져라, 할 수 있는 걸 다 펼쳤어. 세탁소 귀퉁이에 다이 두 개 놓고 구멍가게도 펼쳤으니깐. 그렇게 가게 가까이 집을 마련했지.

잠시 詩었다 가자

우리 일재씨 눈물 나는 사람이야. 그 옛날 연탄 다리미 뜨겁게 해 발치에 놓고 끌어안고 잤어. 못 먹어 키가 못 컸지만 마음은 하늘 끝이지. 일재씨 하면 지금도 설레. 무릎으로 청소하면 보기 싫어진 다고 방 닦아본 적이 없어. 일재씨 덕에 내 무릎은 지금도 예뻐. 언제 혼자될지 모르잖아. 구청에서 밥하는 걸 가르쳐. 살살 이렇게 밥하는 거 일러줘. 둘이가 밥 한술씩 해서 먹고 그래. 안 배워도 된다고 하지만 알아둬야 하잖아. 일재씨는 말이 많이 없어. 내가 웃겨야웃어. 딸들이 엄마 없으면 재미없다고.

두서없는 말 많았지?

참, 내가 동기간이 많아서 엊그제 사과를 따 왔어. 다 나눠주고 이따 또 나눠주려 한 바퀴 돌고 와야지. 동생들도 구로동 누나 없으면재미가 없대. 암튼 사과 들고 가. 그 배낭에 넣어가. 무거워.

두서없는 말들이 사는 집

유휘량 시인

삶이란 게 원래 두서없는 말이야
우리 집은 두서없는 말이 많어
그래서 환영해 당신들
내가 이 집 마련하고 두서없는 말들 들어오며 살았어
뼛속까지 구로동 사람이제

6 · 25 때 태어나 밥 먹듯 굶어도
사람 정은 안 굶고 살았지
어려운 시절 남편이랑 혼합 곡처럼 섞여
막걸리 누룩이 되어 있어도
두 통 비우며 견뎌내기도 했시야

남편은 세탁소에서 출근길 다리미로
반듯하게 밀어주는 착실한 사람이었구
실밥 터진 사람들 저녁을 수선해주는
맘씨 좋은 사람이여
그러니 백 점에 만점을 주고 싶제

그러니께 삶이라는 게 우러나는 것들이 있어
문학 한다는 양반이 와서
민망키로 한디, 뭐 내 삶이 문학적으론 모르것지만
백 원 벌면 백 원 속에서 살면 돼야
두서없는 말 하는 양반이 돈은 벌 줄 아나 싶긴 한디, 히히

그려,
두서없는 말이지만
나는 무릎이 이뻐
우리는 우리 앞에 무릎을 꿇어도
남 앞에서 잘못한 적은 없었어야

내 자식들 키 맞춰주려고 무릎 굽힌 졸업 사진에 내가 없어
그래도 내 자식들 무릎 하나는 이쁠 거여
착실히 잘 키웠응께
그게 뿌리 같어
나는 내 안에 내려 앉어, 튼튼히 살았어

세상 장리쌀마냥
한 가마 받으면 두 가마로 갚아야 한다지만
내 집에 들어온 이상 그런 건 읊어야
집 없는 서러움 알면
마음은 사람들 세 들어 살게 넉넉해지는 법이여

그러니
두서없는 말도 좋응께
막걸리 잘 배워두라고
뽀골뽀골 올라오는 말들 다
들어줄 자신 있으니께

다시 태어나도 저 사람 일래, 다만 덜 고생시키고 싶어

지금은 공주시, 옛날엔 공주군이었어. 신풍면 봉관리에서 태어나 중학교 졸업하고 서울로 왔지. 62년인가 63년인가 기술 익히러 혼자 와 양복점을 기웃거리니 먹고 재워주기까지는 안 한다는 거지. 취직이 영 그랬어. 그러다 마땅한 자리를 찾은 게 세탁소였지. 한 이 년 걸렸나. 처음에야 용돈이었지. 그것도 죄 모았어. 온양 사는 큰 누님한테 송금했지, 누님이 불려줬고. 그걸로 월세 가게 하나 얻었어. 삼 년 만에. 열일곱에 서울 와 스물 두 살에 세탁소 차리고 스물다섯에 아내 만나 결혼까지 한 거니.

73년 무렵에 구로로 왔지. 무지하게 큰 물난리가 났어. 구로동에 조그맣게 가게 얻어 하다 일번옥 갈빗집 앞에 세 얻어 옮겨 왔지. 공단 아가씨들 저녁때면 구름처럼 밀려오는데 구로시장이 서울서 최고로 큰 시장이었지 아마. 사람은 많아도 세탁소를 이용하진 않았어. 전부 시골서 올라와 어렵게 지내니. 세탁소는 사람 덕을 못 봤지. 해서 세탁소 한쪽에 구멍가게도 차려보고, 앞에서 우리 집사람이 쭉 얘기했지? 살기 좋아졌다고는 하는데 생각해보면 구로는 발전이 없어. 그래도 떠나면 안 되지. 여기와 아들 낳고 사 남매 잘

커 준 걸.

골목서 정도 배우고 고향도 느끼고 살았지. 서른한 살에 통장을 했으니. 젊은 사람이 처박혀 세탁소를 하는 건 나 하나니, 적임자라고. 폐품 수집해서 앰프 사서 방송도 하고. 그게 소문이 나 자랑스러운 시민상도 받고. 상금 받아 술상도 여러 번 차렸지. 젊은 사람 동네일 열심히 더 하라고 주는 상이었으니 보람이었고. 마누라가 준 표창장이랑 애들이 준 감사장이 젤이고. 아내 손이 젤 좋은 상이야. 붙잡고 놓치지 말아야 할 분신인데 뭐. 순풍 타고 거침없이 살 수 있었어. 자랑이야, 애들한테도 나 자신한테도. 아내를 선택한 일은.

덧문이라고 해. 옛날에 도둑이 많았거든. 덧문 짝을 열고 청소해놓는 게 마누라 일이었어. 그 고생스러운 일을 후회 없이 하더라고. 다시 태어나도 저 사람일래, 난. 다만 덜 고생시키고 싶어.

좋은 날이었어

김미옥 시인

다리미로 주름이 펴지고
수증기로 근심이 펴질 수 있다면
키 작은 소년은
예쁘고 반짝이는 세탁소를 가지는 일이 소원이었죠
뽀얗게 펄럭이는 빨래들
눈부시게 흩날리는 청춘도 아깝지 않았지요
잡힐 듯 잡히지 않는 게 꿈이지만
소년에겐 녹슬지 않는 전력투구의 패기가 가득했어요
시시한 유혹 헹궈내고
자전거 페달 밟듯
하루하루를 삶는 일은 세탁 기술과도 같았죠
강 약 중 강 약
적당한 세기에 적절한 세제를 녹여야만
비로소 반짝반짝 빛을 만들어 낼 수 있거든요
키 작은 소년은
강 약 중 강 약

예쁘고 반짝이는 소원을 이뤘어요
시절이 녹아 이젠 빛바랜 추억이 되고
주름진 소년이 되었지만
햇빛과 볕살 불러들이는 세탁부 소년 곁에
간밤의 어둠을 나눠 든 소녀가 남았거든요
세탁소 셔터 들어 올리는 소리
새벽 골목 가로지르는 그 소리
좋은 날이었죠
좋은 날이었어요

믿음 화음

조하연 시인

알잖아요. 애초 당신이 마음에 들었던 건 아니에요. 뭐 내가 근무하던 병원 병실에 말끔하게 생긴 사내 정도로 기억은 했지만, 그뿐이었죠. 공장장 종운씨 공장장 종운씨 엮어주던 사모님이 그땐 미웠고 지금은 고맙죠. '둘만 잘살아라' 무슨 시부모님이 그래요? 마음 약해지게. 돈 한 푼 없이 눈 펄펄 오는 날 동서가 가져다준 돈으로 장세 내고 시작했던 그 날 기억해요? 신발가게 열다섯 개 줄 선 손님들 틈에 활활 타오르던 날도. 다이 주인한테 당신 귀한 무릎 꿇던 날도. 헤벌쭉 봉사하기 좋아해서 새마을 아줌마 아저씨로도 유명했죠, 왜.

그땐 어디를 가도 다 우리 무지개 세상일 줄 알았죠. 젊어 든 착각인데.

깔딱 고개 너머 빈손으로 다시 시작하던 날 난 강아지를 다신 키우지 않기로 다짐했어요. 집을 판 건 끄덕이면 그만이었지. 하늘 닿도록 뛰어오르는 똘똘이 두고 돌아서던 눈물은 십 년이 지나도 마르질 않더라고요. 하늘서도 부모는 자식 걱정한다죠. 깔딱 고개 넘었어도 돌멩이 갖다 놓아도 잘 팔린다는 자리 덕에 신나는 고생이었어요. 청와대 자리보다 이곳이 아랫목이면 된 거죠. 동트면 우리 나란히 머물 곳이 시장통 안에 아직 또렷해요. 그러니 천천히 걸어요. 서둘러 걸으면 서둘러 가야 할 것 같잖아요. 여덟 살 동난 때 맡았던 마늘 태운 내음 그 갱엿 냄새가 난 아직도 생생해요. 달콤한 갱엿 냄새가 우리 둘을 휘감고 있어 추울 겨를이 없고요. 그러니 제게도 백 년이 문제겠어요?

닳지 않는 믿음

조하연 시인

일천구백칠십사 년 십이월. 시장 골목 초입에 들어서자 불어 들었던 칼바람 당신 기억하는가. 여적 선하지. 당신하고 우리 아들 매달고 달랑 빈손 한 벌 뿐이었지. 스치는 빈손 사이로 자고 먹을 걱정 틈으로 분주하게 오가는 신발이 눈에 드는 거야. 시장 귀퉁이 여분 마음에 깃들어 무작정 신발을 떼다 팔았지. 간을 보니 그만하겠다 싶어 온갖 발들을 데려다 앉혔잖아. 어떻게 신발을 생각했냐고. 당신이 등 소복이 두드려줬지. 용기가 어서 피었는지 외상으로 신발가게 자리를 얻었고, 주인이 되기까지 꼬박 일 년이 걸렸지. 얼굴 대신 머리통만 동동 보일 정도였으니. 사람 풍경 그땐 흔했지. 하루종일 신발 몇 켤레 달아났는지를 헤아리는 일보다 쌓아놓은 종이봉투 몇 장이나 사라졌는지 헤아리는 쪽이 한결 빨랐으니. 고마운 일이지. 그저 고마운 일이야. 칼바람에 길 잃은 눈동자 갈 곳 잃어 허공에 떠 있던 날 생각하면 고마운 마음 꺼내 걸어도 시원찮았지. 당신이 그랬지? 마음도 걸 수 있다고. 꺼내야 한다고. 그러곤 스타킹을 잔뜩 짊어왔지. 그렇게 당신 손님들 발에는 신발을 손에는 스타킹을 하나씩 달려 보냈지. 여공이라면 꼭 신고야 마는 스타킹이 연줄연줄 소문을 수놓더라고. 오가던 처자들 청첩장으로 탑을 쌓았어도 벌써 쌓았을 세월이지. 자그마치 사십 오 년이니 말이야. 안 변하는 게 있어. 발이야 크든 작은 이 놈의 급한 발걸음 말이야. 조석으로 성큼성큼 시장을 와야만, 한 짝이라도 제 짝 찾아줘야만 하니. 안 그러면 몸이 아파. 비바람이 소스라치게 싫어도 그 비바람 냄새가 그리운 거야. 남들한테 잘해준 거 없지만 못 할 짓 안 하고 살았어. 이득만 보려다 인심 잃으면 중심을 잃는 거라서. 인심 좋은 마누라 손 꼭 잡고 안 놓쳤지. 가운데 마음 지키면 오십 년도 후딱 이지. 당신만 있으면 백 년쯤이야.

詩나브로
2번가

시(詩)로 틔운
시장 골목 어르신의 삶

항동상회

박영녀 시인

곳곳에
셔터가 닫혀있는
오류동 시장 골목

고구마 순 서너 단
파 서너 단
상자 속 아기 배추 축 늘어진 오후

막바지 여름이 궁둥이를 붙이고
조곤조곤
고구마 줄기를 벗기고 있다

까놓은 것 찾는 요즘 손님들
한 단에 이천오백 원보다
한 근에 사천 원이 잘 팔려나간다

한 계절 지나도
손톱 밑 새카맣게 물든 흔적
좀처럼 지워지지 않는다

팔순 가까운 나이에 찾아온
불구덩이 한 걸음조차
떼지 못할 때

자신의 일부
노모에게
뚝 건넨 작은 아들

인제 그만 쉬라 하나
쉬는 것이 더 힘든
서른세 해 채소 장수

거부할 수 없는 습관에
눈이 떠지는
새벽 네 시

깊게 팬 밭고랑 손끝에 핀
연분홍 속살 같은
고구마꽃

기도하는 건강원

김미옥 시인

도시 속 시골 같아
마음 절로 푸근해지니
이웃들한테는
양파즙도 붕어즙도
다 해주고만 싶어
어찌들 알고 오류 골짜기까지
알음알음 찾아와
그해 건강을 달여가지
사라져가는 유물처럼 눈물겨운 게 있을까?
마음 허하면
몸도 허해지니
먹을거리 풍요로워져도
보양식은 몸의 안녕을 기원하는 기도인지라

푸르름 절정일 때
진하게 우려내는 생의 기운들
나는 이게 정말 고마워
열통이 뿜어내는 열기에
숨쉬기 힘든 공간이지만
고맙습니다
고맙습니다
장사할 수 있게 해줘서
비 안 맞게 해줘서
기도와 정성을 같이 달이지
이렇게 우려낸 진국
이런 게
같이 사는 이유인 거지

강철 사내

김미옥 시인

강철이 일어서고
강철은 녹아 더 강한 기둥이 되었지만
나는 물처럼 흘러왔다
흐르는 걸 의식하지 않았다
흘러가는 곳마다 작은 물길을 만들어

길은 깊어져 힘을 받을 때도

나는 속으로 강해졌다

아무도 몰랐다

내 속에는 무지개같이 웃는 어머님

뚝심 있는 형제가 있어

물살이 세질 때에도

바위에 부딪혀 갈라질 때에도

아프거나 두렵지 않았다

나비같이 어여쁜 눈짓으로

무쇠 손을 잡아준 사랑도 있었다

내 물살이 햇빛에 최고로 빛날 때였다

집들은 무너지고

길이 갈라져

골목이 어두워질 때

내 속에 강철이 울고 있었다

흐르는 대신 색연필을

부딪히는 대신 물감을

내 사랑을 종이에 그렸다

무엇을 후회할까

쉼 없이 흐르는 것은 아름답고

소박한 그림도 아름다우니

더 무엇을 후회할까

순덕한 세상

김미옥 시인

삼신 할매 그때 바빴었나 봐

7남매 중 끝에서 세 번째인 내가 서울 와

결혼도 하고 바쁘게 살았는데

삼신 할매

아기를 점지해주지 않는 거야

무슨 깊은 뜻이 있었는지

오랫동안 내 피를 말렸지

이 차 저 차 바쁘게 잊고 살라고

그럼 생긴다고

의사 선생은 말이야

삼신 할매는 아이 보다

생선가게를 먼저 점지해줬어

오류동 골목은 큰 바닷길이었지

나 물때를 잘 만난 어부였고

그 무렵 소영이가 태어났어

내 맘을 어쩜 그리 잘 헤아리는지

이렇게 예쁘고 착한 숭어가 어데서 왔을고?
그러고 보면 사는데 다 뜻이 있어
눈 맑은 생선에 소금 팍팍 뿌려 맛나게
얼어야 제맛인 동태는 꽝꽝 얼려 더 시원하게
사람들 날면 들면
가게가 복작대는 마실 되어도
얼크렁설크렁 사람들과 섞여 살라고
둥기둥기 품어주고
살래살래 마음 어루만지다 보면
진짜 어른이 되는 거라고
다 뜻이 있었던 거야
뜻이 없는 건 하나도 없었던 거야

봐라, 착하게 살아도
다 잘 살아지지?

방아쟁이

박영녀 시인

40년 된 성원떡집 낡은 간판 속으로
동네의 대소사가 지나간다
가진 거 없이 빚만 가득했던 지난날
남 잘 때 일하고
남 쉴 때 일하고
돈 되는 것은 다했다
백일, 돌, 결혼, 환갑, 칠순, 팔순, 죽음에도
떡이 최고였던 때 있었다
골목골목 사람이 사람을 밀어내던 날엔
떡집에도 가래떡처럼 길게 줄을 섰다
쪽잠 자고 일하다 아이들 밥해주러 가고
주문량 밀려 쩔쩔매던 때도 있었다
사시사철 비가 오지 않아도
무지개떡으로 뜨는 이곳에서
꿀떡 같은 남편
찰떡 같은 아내가 송편을 빚으며
오류시장 방아쟁이로 버티고 있다

오류동 화양연화

김미옥 시인

사는 게 꽃등 달아놓은 것처럼
환하기만 했으랴
때론 선지에 손 담그고
길고 긴 내장에 삶을 꾹꾹 채우며
구불텅구불텅 가는 길도 있다
바람이 드나드는 허파주머니에
김을 깊숙이 들이고
웃는 돼지머리에서 비애를 발견하기도 했다
허기진 뱃속에 꼬독꼬독한 곱창을 씹어
넘기면
하루도 잘 살았다
밑바닥에서 올라오는 뜨끈한 생의 냄새
사는 게 복사꽃처럼 향기롭기만 했으랴
꽃비 흩날릴 때 있으면
가슴에 비릿한 강물 하나 흐를 때도 있다
찰진 것은 찰지게
두둑한 것은 두둑하게
맛있는 소를 가득 채운 순대를
당신들 앞에 한 접시 내놓는다

잠시 詩었다 가자

오, 살아있는 오늘
주름위에 아스라이 빛나는
당신의 화양연화

꿀돼지 솥뚜껑

박영녀 시인

오류동 삼거리 숨은 골목 따라가면

커다란 꿀돼지 한 마리 솥뚜껑 붙든 채 웃고 있다

채소 다듬고 밥 안치고 큰 소쿠리에 삶은 수저 넣고

바락바락 오늘을 흔든다

당찬 쇳소리 누가 봐도 그녀다

잘 다니던 회사 내려놓고

젊음의 승부수 던진 삼겹살집의 솥뚜껑

그 핸들을 꼭 붙들었다

해가 붉어지기 시작하면

둥그런 솥뚜껑 위에

삼겹살 묵은지 콩나물 부추 버섯 두부 양파

어우러진 인연들 빈틈없이 차려진다

빠져나간 지글지글 노릇 향기가

오류동 골목 어귀에서 보초 서는 저녁, 그 곁으로

돼지 꼬리를 붙든 행렬이 드나든다

솥뚜껑 둘레에 둘러앉으면

밀려드는 허기도

오늘을 견딘 사연도

동그랗게 덮혀지고 채워진다

온종일 시린 바람 머물던 여주인 어깨도

덩달아 말이다

잠시 詩었다 가자

미스터 아날로그

김미옥 시인

레코드판도 둥글고요
비디오테이프도 둥글게 이어져 있어요
육상 트랙도 멀리서 보면 둥글지요
소싯적 달리기 선수 해봐서 알거든요
세상은 직선이나 직각처럼 보일 때가 많지만
치타처럼 뛰어만 가다간 고꾸라집니다
생각과 눈이 빠르게 돌아가는 도시 속
보물찾기하듯 꿈을 찾는 헌책방
느리게 돌아가는 것들 속
한 박자 쉬어가는 곳
어떤 사람은 여기 와서 숨통을 트기도 하고
완만하게 돌아가는 레코드판 보며
추억에 젖기도 합니다
그러니 속이거나 거짓말할 수 없어요
속이는 장사 금방 들통납니다
속이는 사람은 행복하지 않아요
오래된 종이 냄새를 맡다 보면
다이아몬드 같은 진리를 찾을 때가 있어요
이 기쁨
아는 사람 알아
오는 사람 계속 오지요

잠시 詩었다 가자

혜성 미용실

박영녀 시인

가채로 오드리 헵번 머릴 얹고
별을 만드는 여자

열아홉 진도를 떠나 퇴계로 입성
보조에서 중사 미용사 계보 거쳐
혜성처럼 나타나 뿌리내린 여자

낡은 미용 의자 두 개 40년 된 터줏대감
밀린 오후를 수건으로 감아올린 이들과
신문지 펴놓고 뜨거운 감자를 먹는 여자

단골들 중매도 열 쌍
참한 집을 주선해준 사람도 여럿
고학생 등록금도 선뜻 내어 준

연탄에서 석유곤로, 부탄가스렌지로
연장이 바뀌어도
불의 온도 한 톨 놓치지 않는 여자

올 땐 소미 엄마 갈 땐 백 여사
생이 아름다워진다면
제대로 살려 살맛 나고
제대로 죽여 죽여주는 여자

셋팅기 하나 없어도
로드로 말은 샛별을 올리고
내일이면 예쁘고 모레엔 더 예쁠
불에 달군 인두로 달맞이꽃이 된 여자가 사는 별
오류동 11-25

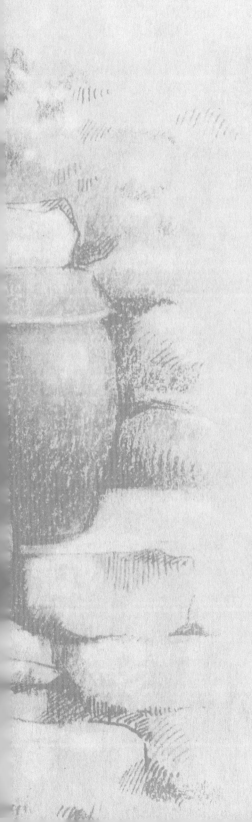

詩나브로 3번가

이야기와 시(詩)로 틔운
동네 골목 어르신의 삶

아내라는 자음, 삼 남매라는 모음 더해져 '가족'이 되었어

35년에 태어났어. 우리 땐 난 해랑 써먹는 나이가 다른 게 정상이었어. 할아버지가 한문 선생님이셨고. 완고하셨지. 야사 비슷한 것도 못 보게 하셨으니. 학교도 다른 애들보다 늦게 들어갔지. 형님이 있어 슬슬 얻어 배웠어. 일본말도 얻어 익히고.

문산에서 당진으로 나와 고등학교 마치고 열여덟 되어 서울 올라갔지. 하도 뭘 많이 했어. 수출이 한창일 때라. 공장들도 한창이었지. 속눈썹 만드는 공장이었어. 책임자로 직원 삼백 명 관리하는 일인데 여직원들이 밖으로 튀어 나가려고 발버둥을 치더라고. 그럴 때야, 생각해보면. 6개월 훈련하면서 인생 공부 제대로 했지. 그리고는 이천으로 왔어. 월남전에서 때려 부순 배, 자동차를 수입하는 대한통운에 들어갔지. 3만 톤 되는 큰 배에 미국 지원 차원에서 수입 수출하는 걸 지켜보니 공부가 되는 거야. 우리나라 수준이 보이고 공부를 더 해야겠다는 생각도 들고.

일도 인연이야. 묘해 그게 참. 조선일보에 자리가 한 자리 난 거지. 전임자가 월급 더 안 주면 나가겠다고. 그래 나가라고 내 보냈다지.

그 자리가 내 자리일 줄은. 그렇게 조선일보에 입사를 한 거지. 들어갔더니 딱 필요한 사람이라는 거야. 실력도 그렇고. 나이도 그렇고. 위치도 그렇고. '요놈 데려다 놓으면 야무지게 써먹겠다.' 싶었다고.

글자를 만들었어. 신문에 나오는 활자 말이야. 공무국에서는 신문을 만들고. 기사는 외국기사를 전부 실어다 편집국에서 넣고 빼고 하는데 활자가 없는 게 많아. 없는 게 많아서 내가 만들어 넘길 게 많았지. 활자의 이쪽 변 저쪽 변을 쪼개서 붙이는 거야. 그런데 그게 또 할 수 있는 게 있고 없는 게 있어. 없는 건 도장으로 파서 넣어주고. 그런데 하루는 '그려 넣어봐야겠다' 하는 생각이 드는 거지. 간단한 일이 아니더라고. 단어 배치에 따라 자음 모음 길이도 위치도 간격도 죄 다르니 말이야. 그래 신문 발행을 맞추려면 눈썰미가 있어야 해. 재치가 머리부터 발끝까지 있어야 하지. 딱딱 글자가 집 찾아가듯 맞아떨어질 때면 묘한 전율이 느껴지곤 했어. 빈자리가 나를 기다렸구나 싶고. 세월이 흐르더니 전산화를 한다더라고. 일본에서 말이야. 그런데 일본 글씨가 크고 작고 들쑥날쑥 고르질 않은 거야. 글자가 한 사람이 글씨체를 완성시켜야 해. 두세 사람이 나눠 할 수 없는 거라서. 연구도 해야지, 글자도 맞춰야지, 일이 상당했어.

위에 암이 생겼어. 진짜 친구가 생긴 거지. 급성 맹장 수술하고 나오다 보니 얼굴색이 시원찮은 거야. 위 사진을 찍는데 딱 발견이 된 거야. 항암 치료하면서 신문사도 다녔지. 국장님이 배려를 많이 해 줬어. 머리카락 다 빠져도 힘내서 다녔지. 체력이 떨어지는 게 싫어 등산을 갔더니 산에 가지 말라는 거야. 상처 나면 낫질 않는다고. 그래 가지 마라는데 등산 가서 넘어지기를 바라나 안 넘어져야 등 산이지. 나중에는 심통이 나는 거야. 병원도 안 가고 사춘기가 엉뚱 할 때 왔지.

신문사에서 한문을 빼고 한글 전형으로 종체는 가로체로 바꾸던 4 차 완료 시점에 나도 집으로 영영 복귀했지. 신문이랑 나는 알지, 우리 둘은 알아. 볼 적마다 우리 둘은 끄덕여. 글자마다 이제 코드 번호가 있어. 하여 각자 글자가 번호에 맞춰 조합해져 나오는 거지. 알아서 차자작 달라붙어. 제 짝 찾아서. 평생 글자는 잘 맞췄는데 글씨를 조상님들처럼 못 써. 신기한 게 이름 석 자 쓰는 대로 태가 나. 삐뚤 게 쓰면 금방 뛰어오르고. 반듯하게 쓰면 그렇게 얌전할 수가 없는 거지. 이 나이에도 가지런히 배울 게 산 넘어 산이야.

그럼에도 불구하고, 내 마지막까지 맞출 듯 맞출 듯 끝내 못 맞춘 아슬아슬한 글자 하나 있지. 아내라는 자음 그리고 삼 남매라는 모 음 더해진 '가족'이라는 단어 말이야. 그 단어를 완성하는 일이 지 금도 어려워. 어쨌든 오늘 하루는 잘 맞췄네. 노을이 제 자리에 지 려는 걸 보니.

묘해

조하연 시인

이 땅에 피기는 삼십오 년쯤이지?
늦은 등교 탓에 지금도 언제 피었냐 물으면 엉뚱한 대답을 해
앞서 핀 놈, 한 계절 너머 핀 놈
가지각색 끄트머리 매달린 졸업장이 뭐라고
충남 서산서 당진으로 깔딱 깔딱 시골 고개 넘어
그놈의 공부 잘해봤자 아무렴.

서울이 유일한 동아줄이었어
동아줄에 선생도 경찰도 기술자도 죄 매달려 있었지.
속눈썹 만드는 공장으로
월남전에서 상처 입은 배랑 자동차 수입하는 일터로
쭉 뻗은 도로만 있는 줄 알았는데
깔딱 고개는 서울도 여간 많은 게 아니더라고.

까무러질 무렵 신문사에서
그 정도 되는, 그 무렵 된, 그만한 사람을 찾는데, 그게 딱 나래.
묘했어, 내가 깃들 자리인 기분
묘하게 이가 딱 맞더라는 거지.

신문지에 수를 놓았지. 그게 내 일이었어.
채반에 거른 외국 기사를
우리 활자로 수놓는 일이 여간 어려운 게 아니었어.
사춘기 소년처럼 집 나간 자음과 모음들을 어르고 달래는데
깔딱 고개 넘던 맷집 아니었으면 아휴, 아찔해.

글씨 만드는 자리일 수 있어 아늑했던 날들
절대로 둘이서 나눠들 수 없는 일이라 고단했던 날들
내 자식들은 몰라도
삼십 만자 저 글자들은 알지, 알고도 남지!
형님 글자가 손 번쩍 들면 알아서 달라붙는 녀석들
제 자리 어딘지 알고 눈 감고도 달려가.

글자는 빚었다만 조상 대대로 명필인데
글자를 젤 못 쓰니 그것이 두고두고 걱정이야.
날뛰는 이름 석 자 삐뚤어 튀어 오르기 바빴고
가만한 이름 석 자는 반듯해 몸이든 마음이든 쟁인다는 걸.
제대로 생긴 글자의 힘을 더 들려주고, 더 봬 줘야 하는데.
아는 만큼 뵈는 만큼 깔딱 고집만 늘어.

사는 게 참 묘했어.
돌아보니
더 그래.

잠시 詩었다 가자

이리 살아 있으니 망한 거 아니야
살아있다는 건 또 살 수 있는 힘이야

도갓집 그러니까 양조장 집 딸이었어. 도갓집딸 도갓집딸 그렇게
불렸지. 전북 진안 시골 마을에서 말이야. 아버지가 혼자 자라셨어.
자식을 넉넉히 두고 싶으셨던 거지. 십 남매를 낳으셨고 내가 셋째
야. 어머니가 몸은 시골 살아도 눈은 높아야 한다고. 딸이고 아들이
고 가르치는데 소홀하지 않으셨어. 여자 직업으로 선생님이 좋다
고. 몸이 약한 내겐 간호학교 가서 양호 선생님도 좋지 않겠냐고 제
안도 하셨어. 상당히 구체적이셨지? 옛 어른치고는? 지금 전주한옥
마을 부근에 학교가 있었어.

국민학교 졸업하고 그때는 중학교 안 하고 바로 고등학교 그랬어.
병설 중학교 다음 본과 이렇게 6년 전주 사범이 되는 거지. 사범학
교 4학년 땐가 6 · 25 전쟁이 터졌어. 열 남매 모두 학교를 못 가게
했지. 진안으로 피난을 떠났어. 지리산 줄기를 타고 넘었지. 삼베
에 시골 아이처럼 행색을 갖추고 말이야. 아버지는 전주 바로 아래
에 방 하나 얻어 어머니랑 자리 잡고. 자식들을 양 갈래로 나눠 담
아 보낸 거야. 당숙네로 이모네로. 한데 모여 있다간 다 같이 뭔 일

이라도 날까 싶어 아버지가 지혜를 쓴 거지. 그 사이 우리가 살던 진안 도갓집은 폭격을 맞았다 하더라고. 얼마나 가슴을 쓸어내렸겠어. 아버지 어머니가 그 집을 보고 말이야. 항아리 간장이 막 끓고. 술독도 폭삭 고꾸라져 있더라는 거지. 폭격으로 도갓집 딸내미 그 도갓집 세 글자도 타 버렸지. 그래도 가족들 빠져나오고 폭격이 났으니 그 얼마나 다행이야. 지금 생각해도 아찔하지.

다시 집을 지었지. 술도가는 못해도 어머니 교육에 빚는 열의는 식지 않았어. 아버지 큰 가방에 학비는 채워 넣어 다닐 테니 걱정 말라 하셨지. 해방되면서 언니는 시집을 갔어. 일본군에 끌려갈까 봐 일부러 서둘렀어. 집 다 타고 먹고 살기 어려워 다들 망했다 망했다 해도 아버지는 '이리 살아 있으니 망한 거 아니야, 살아있다는 건 또 살 수 있는 힘이야!'하며 참 굳건하셨어. 열 남매 손가락 하나 안 다쳤으니 복이었고.

사범학교 졸업하고 그해 4월 13일 자로 발령을 받았어. 전주 국민학교였지. 첫 부임지가. 모교로 발령이 난 거야. 학생이 선생 되어 간 거지. 말이 선생이지 머리는 양 갈래로 땋았지 작기도 작지. 교장 선생님이 부르시는 거야. 어른인지 학생인지 구별을 못 하겠으니 파마라도 하고 오라고. 전라도 말로 지지라고. 그렇게 선생처럼 변장해서 어렵사리 2학년 담임이 되었지. 딱 이 년 했어. 아쉽지.

스물셋에 결혼을 했거든. 전주 복례문이라는 곳에서. 그 후 남편 따라 지도를 옮겨야 했지. 오빠 소개로 남편을 만났어. 중매인 듯 아닌 듯 서로 마음이 잘 맞았지. 그렇게 결혼해 충남 도청으로 발령난 남편 따라와 살면서 난 다시 임용 시험을 치렀지. 충남으로 발령난 남편은 신나게 이동을 하는데 부여에서 대전으로 천안에서 공주로 발도 몸도 식솔도 바빴지. 아이들도 계속 생겨 아들 둘 딸 둘을 낳아 가족도 늘었고. 다는 못 따라다니고. 중간중간 큰 도시에 머물면서 주말에 만나는 부부 되어 나는 다시 선생님이 되었어. 대전서 부여서 그렇게 말이야. 너무 빠르게 살았나 봐. 남들보다 두 배 세 배 바삐 움직이더니 쉰여덟에 갔어. 나도 이르고 거기도 이르고. 애들한테도 이르고.

서울 오기 전 마지막으로 떠돈 지방이 경상도지. 울산이야. 그러고 보니 어려서부터 전국 팔도를 떠돌았어. 울산 조선소 바로 앞에 전하 국민학교로 부임을 했거든. 조선소에 젊은 부부들이 모이니 전교생이 오천 명인 거야. 수업을 3부까지 해. 2부도 아니고. 기억에 많이 남아. 삼 년 전인가? 울산에 여행을 갔었는데 전하 국민학교에서 여섯 개로 학교가 분리되었다고. 세월이 학교도 낳더라고. 제자들 생각 문득문득 나지. 연락 오면 반가운 마음 들지. 그런데 아픈 모습 보이고 싶지 않아. 좋았던 활짝 피었던 시절만 보이고 싶어. 각자 잘 살면 되는 거지.

공군이었어, 아들이. 그만두고 파일럿 하겠다고. 정년 되기 전에 선생 노릇 그만두고 아들 따라와 이십 년 손자들 곁에서 지냈지. 다섯 식구 살았어. 평온한 복을 누리고 있었는데 아들이 먼 길을 갔어. 갑자기. 며느리는 애들 데리고 외국으로 갔고. 딱해. 딱해 죽겠어. 아들 그리되고 나는 혼자 살기 적당한 곳 찾아 구로로 왔어. 성당 오가는 길에 그리움도 외로움도 흘렸다 주었다 하며 그리 지내.

사람은 사람 곁에 있어야 해. 코로나로 사람들을 못 보니 말도 속에 걸려. 발걸음도 꼬이고. 삼 개월을 움직이지 않고 누워있다가 오랜만에 나갔는데 넘어졌지 뭐야. 그래서 써야 해. 말도 마음도 몸도 말이야. 우리나라 좋아. 아프니 또 집으로 와 줘. 마음이 이리로 와.
발이 이리로 와. 작든 크든 화분도 정을 줘야 해. 겨울에는 방에 들
여다 놓고 내가 추우면 자들도 춥지. 발 없는 녀석들인데. 난 발이
라도 있고.

끌어안을 수 있을 때 가, 가서 끌어안고 느끼며 살아.
힘 있을 때, 만질 수 있을 때 넉넉히 안아줘.

갈래머리 소녀

조하연 시인

도갓집 딸내미로 전주서 나고 자란 갈래머리 소녀
전주서 초등학교 들어가
전주서 초등학교 선생님 되었지

스물 훌쩍 넘어서도
갈래머리 어울리니
학생인지 선생인지 난들 너들 알까?

신랑이 된 오빠 친구 따라
충청도로 건너와
스물셋에 딸 둘 아들 둘 어미도 되었어

어미 되곤 고단한 날 도갓집 시절 떠올라
그런 날이면
한 됫박 떠 마셔 달랬지

싹 망해도 싹 부셔져도 싹 죽지만 않음 된다고
아버지 어머니 슬플 겨를 한 톨 안 지고
언니는 저쪽으로 오빠는 이쪽으로
십 남매 명줄 곳곳에 심어놓았어

지리산 산골서 피난 살고 내려오니
고사동 전주 도갓집 폭삭 고꾸라지고
바글바글 끓던 폭격 맞은 간장 항아리
이쪽저쪽으로 나부끼던 술도가니

할미 되니 도갓집 딸내미 시절
달 뜰 적마다 떠올라
훌짝훌짝 훌쩍훌쩍

아들 서둘러 먼 길 떠날 제
새벽 미사 오고 가기 좋으라고
성당 가까이 앉혀 둔 집에 앉아 있노라면

아버지 남편 아들
새소리 빗소리 가을바람 되어
차례 차례 다녀 가

모든 일이 십 년 안짝에 일어났어. 위암 수술받았고. 한 번은 봉화에서 교통사고가 크게 났더랬지. 구로 고대병원까지 119 타고 왔으니깐. 사촌 동생이 봉화에 집을 지었어. 퇴직 후에 내려가 살려고. 그날 그리로 손녀 둘이 와 물가로 물놀이 데려갔지. 실컷 놀고 끓여 먹인 라면 냄비 들고 남동생 차를 탔어. 옷이 다 젖었잖아. 동생이 앞에 타라는데 시트 젖을까 봐 뒤에 탔어. 뒤 의자 아래 고장 난 의자가 있었어. 걸터앉았는데 흔들흔들하다 그만 몸이 가벼워 날아간 거야. 뒤로 떨어져 여러 번 굴렀는지 머리부터 발끝까지 부어 눈 뜨니 일주일이 지났데. 일흔일곱 군데가 깨졌다니 말 다 했지. 내가 떨어진 줄도 모르고 사촌 동생은 집에 간 거야. 딱, 도착했는데 차에 누나가 없더라는 거야. 남편은 그 때부터 심장이 뛰었다더라고. 중1인 큰손자가 응급차에 타고 작은 손자는 남편 차를 타고. 그렇게 서울까지 올라왔지. 의사가 삼십 년 생활에 처음 보는 환자라 했다더라고. 신기한 건 뼈가 그대로라고. 더 신기한 게 떨어질 때 꿈을 꿨어. 돌아가신 시어머니가 시누이 남편보고 나를 빨리 막으라니깐 시누남편이 나를 딱 잡아. 어머니가 살렸어. 꿈이 생생해.

안동 김가야. 안동 집안에는 여자가 서울 가면 못 쓴다고. 교육도시 안동에서 얌전히 지내다 시집가라는 무언의 압박이 있었지. 그것도 사람 봐 서지, 나는 근질거려 안동에만 있을 수 없었어. 그렇게는 안 살고 싶은 거야. 서울 사는 삼촌한테 매일 편지를 썼지. 서울 가는 게 소원이라고. 안 넘어가고 배기나. 홀랑 넘어갔지. 아버지 몰래 차비 만들어 서울행 버스를 잡아탔어. 서울 패션에 맞춰야겠다 싶어 멋쟁이 선글라스부터 맞추기로 마음먹고 친구랑 안경점을 찾았지. 사서 돌아왔는데 안경원 직원이 선글라스를 비싸게 받은 거야. 다른 사람보다 비싸게. 서울서 바가지 썼구나 했지. 나중에 들으니 선글라스를 부러 비싸게 받은 거지 뭐야. 따지러 다시오게 하려고. 아니나 달러. 진짜 따지러 갔는데 그때 시작된 얘기가 지금까지 이어지니 세상 참 별일이지. 함께 간 친구가 안경원에서 일하는 남자한테 첫눈에 반한 거야. 따지러 갈 마음이 아니었던거지. 자기가 계산 잘못했다고 인정하면서 말하는데 그 말재간은아휴, 아무도 못 따라가. 그런데 애석하게도 그 남자는 나한테 마음이 있었던 거야. 다시 보려고 그랬다는데 그러는 통에 얼결에 내마음도 꼴깍 넘어갔지. 그 후로 그 남자 성큼성큼 다가오는데 그시절에 연애는 큰일이거든. 세상에 어쩌면 좋아. 문제는 팔 남매우리 아버지였어.

결혼하겠노라 허락받으러 갔는데 아버지 소금 뿌리고 난리인 거야. 당신 같은 사람한테 우리 딸 절대 안 준다고. 우리 아버지 목표가 컸어. 나 좋은 데 시집보낸다고. 하필 그 무렵에 철도청에 다니는 사람 만나보라는 중신이 들어왔던 터라. 노여움이 더 크셨지. 선을 보러 나가라는 자리에 남편을 보냈고 기어이 난리가 났어. 다음에 남편하고 갔다가 쫓겨났고. 별수 없이 내가 애를 가졌어. 남편이 "아버님 그렇게 딴 데 시집보내고 싶으시면 아기를 낳아가지고 저한테 주시고 따님은 딴 데 시집보내세요." 이런 거지. 죽여 살려. 딸인데 어쩔 거야. 우리 아버지 "꼴도 보기 싫다, 올라가라." 이게 허락이야. 허락 아닌 허락이야. 그리고 결혼 날짜를 잡아서 오라 했는데 팔 남매 아무도 안 왔어. 엄마 아버지만 딸랑 오셨어. 얼마나 내가 미웠으면 칠 년을 안 보셨어. 안 본 게 뭐야. 우리 아버지 남편을그렇게 미워했어. "아버지 저 왔습니다." 하면 "왔는가" 딱 한 마디

하고 쳐다보지도 않아. 악착같이 인정받고 싶었지. 부지런히 저축하고. 아파트 분양도 받고. 1996년 6월 15일 잊지도 않아. 처음 아파트 입주한 그 날, 잊지도 않아. 우리 남편 착한 게 욕만 얻어먹는 처가인데 어떻게 하면 인정받을 수 있을까 허구헌 날 고민하는 거지. 입주하고 자가용을 샀어. 그리고 엄마 아버지 모시고 포항부터 강원도까지 일주한 거지. 온천도 가고. 차차 아버지 마음도 느슨해졌어. 나이 들며 약해지니 미움도 꽉 쥐지 못하더라고.

그 시절 보내고 장성한 아들 장가갈 때 되어 장가도 갔지. 장가 보내면 할 일 다 한 줄 알았어. 아들이 제 아가들을 키워달라는 거야. 이쁜 것들 어찌 나 몰라라 해. 아들 따라 아들 직장 가까운 오류로 왔지. 분명히 보냈거든 그런데 배로 돌아오더라니까. 자식 하나 보내 선물 셋이 왔어. 아직 결혼 안 한 작은아들은 해마다 제주서 일주일씩 지내도록 싹 잡아줘. 숙제 해놓고 남편하고 둘이 다니는 여행이 달지. 남자들 가만 보면 여자 하기 나름이더라고. 우리 아버지부터 우리 아들들까지 보니 그래. 남편이 화를 내면 난 웃어. 남편 성격 내가 알지 누가 알아. 성격이 급해. 또 애처럼 저런다. 그리고 넘겨. 사람들하고 어울리는 거 힘들어해서 싫어하는 거 애써 강요 안 해. 이해하고 존중해. 둘이 산 다니고. 그랬더니 요즘엔 산에서 만난 이웃들하고 농담도 해. 친구들 한 둘 떠나니 마음 여파가 심한 듯해. 내가 친구도 아내도 되어주려고. 캠핑카 있잖아. 그래 그거 타고. 전국 일주 하고 싶어. 한 달씩 돌면서 우리 남편 음악 좋아하거든. 가수를 할 뻔했어. 내 앞에선 또 얼마나 코믹하다고. 더 눈치 볼게 무어야. 그렇게 바람처럼 구름처럼 이제 둘이 흘러 다니는 거지. 비로소 둘인 듯 하나야.

무릅쓰고

조하연 시인

어떻게, 오뚝이로 살아 낸 얘기 좀 들어볼 테야?
반대를 무릅쓰면 탈이 난다고들 하잖아
반대를 무릅썼지만, 탈을 두려워한 적 없었어
올 테면 와 보라지
둘째 낳은 날 초상집 다녀온 남편
혓바닥이 말려들고 눈알이 허옇게 올라붙는데
무당인 시 숙모도 틀렸다고 고개를 가로젓는 거야
맑은 물 건너가던 남편 귀에
울면서 부르는 내 목소리가 들리더래
가려다 말고 가려다 말고
돌부리에 걸려 넘어졌는데
내가 옆에 있더래
부부라는 단어를 쥐면 힘이 세져

육 년 전에는 내가 넘어졌지 뭐야
일흔일곱 군데가 깨졌어
봉화 동생 집 돌아가는 길에
차 밖으로 날아 구른 거지
떨어지던 순간이 아직도 생생해

몸이 깃털처럼 가벼워지는데
시어머님이 시누이 남편 붙들고
빨리 막으라 그러는 거야
시누이 남편이 나를 딱 잡았어
의사 생활 사십 년 만에 처음인 환자 되어
깨어나니 서울 병원인 것을
사십 오 일을 하루인 냥 자고 일어나
훌훌 털고 일어났지!

작은 스러짐이야 오죽 많을까
지나 보니 그 산이 명산인 것을
비바람 불어와도
마음 재간 하나 붙들고
무릅쓰고 사랑만하면 되는데
더, 무얼 바라겠어

그냥 살자 하니 그냥 살아져 그냥 이라는 말에 은근 힘이나

어려 일한 기억밖에 없어. 팔 남매에 맏이야. 딸만 여섯이고. 뵈지? 조치원이 고향이었어. 동생들 돌보는 거는 기본이지. 농사일도 도와야 했어. 업고 나물 뜯고 1인 2역은 기본이었지. 맏이인지 엄마인지 모를 서열이었지. 미안했는지 맏이로는 시집 안 보낼 거란 말을 엄마는 입버릇처럼 했어. 스물둘에 결혼해 스물셋에 첫 애를 낳았는데. 막내 남동생이랑 우리 첫애랑 한 살 터울이야. 외삼촌이 한 살 형인 거지. 초등학교 졸업하자마자 모두 일터로 갔지. 그 땐 그래야 했어. 난 실 공장으로 갔어. 목돈 모아 땅 살 때 보태고 소 살 때 또 보태고 논 살 때 보태고 시집올 때 논 조금 있는 거 보태 시집 오고 소 판 돈으로 동생들 공부도 시켰지.

결혼해 애 놓고 구로로 왔는데 뜨개질을 소개해줬어. 구로시장 어귀에. 매일 떴지. 이웃에서 그러더라고. 공장을 다녀보라고. 찾아보니 3공단에 가발 공장이 있더라고. 딱히 기술이 없으니까 머리 빠는 일부터 했지. 헌데 독한 화학약품 때문에 숨이 막히는 거야. 이후에는 가발을 재봉틀로 박잖아. 그 실밥 자르는 뒷마무리 작업을 시키더라고. 몇 년 일하다가 옷 만드는 일 소개를 받았어. 전문 디

자이너가 만들고 나면 할게 많잖아. 그 뒷일 처리하면서 근근이 살았지. 그 후로 여의도로 가사도우미 일을 한 십 년 다녔어. 근데 배운 사람들 안 배운 사람들 모여 있는 곳이 달라. 계 모임을 하면 딱 티가 나. 공장 계모임은 기술 배워 돈 벌어온다는 얘기가 주야. 가사도우미 모임은 과외 공부 얘기가 다야. 그러면서 가난해도 애들 공부는 놓치지 말란 얘기를 그리하더라고. 가만 생각해보니 우린 기술 배우는 게 최곤 줄 알잖아. 잘 사는 사람들은 우선 공부를 하잖아. 그게 차이더라고.

어려서부터 애들 통장 만들어 돈 넣어주고. 경제도 교육 경험하게 하고. 배웠지만 늦게나마 그 의미를 알겠더라고. 하여 손자들한테 얼른 따라 했지. 초·중·고 학년별로 금액도 형님은 많게 아우는 적게. 대학 들어갈 때는 천만 원씩 척척 넣어줬지. 지금 돌아보면 자식 공부 가르칠 때가 힘들어도 가장 뿌듯할 때야. 딸은 어린이집 선생이었는데 사위 만나 외국 가서 살아. 손녀딸은 한국서 대학 공부하느라 우리 집 와 있어.

친정아버지는 두 해 모자란 백 살이지 아흔여덟에 돌아가셨어. 내가 3년 2개월 모셨어. 우리 아들이 내가 아버지 모신다니깐 지는지 엄마 걱정하는 거야. 그게 위로더라고. 딸이 많으니 아버지 웃겨줄 미소도 넉넉했어. 거실에 이불 펴고 딸들 와 함께 자니 노인네 좋아하셨지. 복 받을 거란 말 많이 들었어. 이미 이만하면 복 받은 삶인 걸 뭐. 그래서 아버지 돌아가셨을 때 나는 후회로 슬프진 않았던 것 같아.

예순아홉에 난 자유부인이 되었어. 위암 수술하고 팔 년 살다 갔어. 암 수술하고 퇴원하는데 의사 선생님이 일 년 본다 했어, 3기 암이라 많이 퍼졌다고. 그런데 팔 년을 간 거야. 아들 회사 선물 들어온 거 좋다는 거 다 끓여 먹이고. 돈 많이 썼지. 아들 며느리 밤낮으로 쫓아오고. 우리 며느리 고생 많이 했어. 고생한 거 자식들이 다 알아주니 그저 감사하지. 아들은 고등학교 때부터 장학금을 타 왔어. 차비 아껴 걸어오다 사 먹은 호떡이 그렇게 맛있었다면서 웃는데 제 어미 가슴 저미는 것도 모르고. ROTC 장교로 갔는데 면회 간다고 했더니 면회금지 라는 거야. 알고 봤더니 나 고생스럽다고. 그러면서 다른 장교들은 음식들 해와 냉장고에 넣어 놓고들 간다고 살짝 제 동생한테 얘기하더래. 마음이 너무 아팠어. 군인이 지가 월급 모아 나한테 용돈을 줬어. 그 월급 또 착실히 모아 결혼하는데 보태고. 손주들 용돈 주면 그렇게 고마워해. 나 편하게 살라고 말이라도 그리해주고.

아홉 살에 6·25 전쟁을 겪고 내 나이 벌써 이른 아홉이니 세월 참 빨라. 큰집이 더 시골이었어. 내 동생이랑 나하고 미리 큰 집에 데려다 놓았어. 군인 가족은 무조건 총살 시키고 아주 난리 통이었어. 네 살짜리 동생은 걷는 게 일이었으니 바짝 말라 다 죽을 거라 했어. 여름이라 목도 마르고. 산속 물이 깨끗해 세 번 불고 먹으면 탈 안 난다 해서 그 물 마시고 버텼지. 호 불어먹으면 그땐 약이었어. 어린 동생은 피난길에 오가다 더위 먹어 그만 멀리 갔어. 한약방이 있어 들렀더니 약방도 피난 보따리를 싸고 난리더래. 애가 죽어가니 약 좀 달라고 했더니 환을 주더래. 그거 먹이고 안고 오는데 품안에서 잠든 것처럼 갔다 하더라고. 이번 생에 겪었던 일인지 모를 정도로 아득해. 먹고 살기 힘든데 전쟁까지. 자식들은 또 얼마나 많아. 우리 엄마 엄했어. 그러지 않고는 힘드셨을 거야. 순한 엄마였으면 벌써 기절했지. 되레 아버지가 말솜씨가 없어 그렇지. 자식이라면 벌벌 떨었지. 계집애 소리 한 번을 못 하셨으니. 아버지 성격을 많이 닮은 것 같아. 말수 별로 없고. 우리 아저씨 성미가 급했지. 성질도 많고. 딸 아들 시집 장가만 보내면 내 안 살 거다 이런 생각

도 했어. 하도 속 썩여 그랬는데 막상 보내고 나니 남의 귀한 자식
데려다 놓고 내가 이혼해 버리면 아들한테 짐이 돼버리잖아. 그래
서 그냥 살았어. 그냥 살자 하니 그냥 살아져.
그냥, 그냥이라는 말에서 슬그머니 힘이나.

나는 있지

유휘량 시인

나한테 효자 같은 남편 바라진 않았지
공부 못한 억울함 품고 한세상 사는 거
내 어찌 알겠어. 그래도 효자인 아들이 있어
나는 살만했지

실 공장 다니면서 우리 집 저녁을 뜨개질하고 있음
자식들이 장학금도 받아와 삶의 무늬를 만들어주었지
가발 공장에서 남의 머리카락 빌려 사는 거
쉽진 않았지만 그래도 내 자식 머리 영특한 건
내 뱃속에서 잘 박음질한 것 같아

그래도 속이 아퍼
아들 군대에서 면회 오지 말라고, 고생이라고 할 때
맘고생 할 줄 알았으면 갈 걸, 하고 후회해
네 부모는 왜 안 오냐 한 소리 들었다는 말에
내 부모 힘들까 오지 말라 했다던 내 아들

장성하고 나서 이제야 얘길 하는데
눈물 고이는 것이 배고픈 시절 침 고이듯
싹, 올라와. 눈물 먹어도 배가 고픈 것처럼
이놈의 아쉬움, 미안함이란 허기는 가시지 않는겨.

그래도
손주 새끼들 학교 갈 때마다
큰마음을 줬지
그래서 돌아오는 마음이
내가 산 삶보다 큰 것 같아 뿌듯해

힘든 날들에 죽은 내 핏줄들.
내 이래 사는 거 맘 아플까 하지만
그래도 매번 가족들이 찾아와
내 부모가 아프면 내가 아프다고
그런 아쉬운 소리 듣는 것도
삶의 일부 아니겠어?

그러니 나는, 삶에 실을 줄줄 뽑아내는
실 공장 공장장이여, 오늘 저녁 뜨개질도 이쁘게 해놨어
그건 구로공단 통틀어
내가 제일일 것이여!

해도 해도 생활 허기가 안 차는 거야.
기술 아니면 학문을 배워야겠는 거지.

전북 부안 하서면서 태어났어. 36년 1월생으로 호적엔 올려져 있
지. 옛날엔 다 그랬어. 질병도 많고. 열 살 전에 죽는 일이 다반사였
어. 위로 형도 아래로 동생도 둘이나 먼저 갔는걸. 홍진이라고 한
번 걸리면 약도 없어. 앓다 가는 거지. 동생 둘은 여덟, 아홉 나란했
는데 한날한시에 그렇게 갔어. 끝내 남겨진 삼 형제 함께 자랐는데
두 해 전 스님이었던 아래 동생 서거했으니 막둥이랑 나 이제 둘 남
았네. 형이고 동생이고 다 그리되니. 할머니 마음이 졸였던 것 같
아. 시골에 과자 그런 게 어디 있어. 대신 촌집엔 나무 선반이 있었
어. 선반에 인삼, 아기 삼을 쪼르륵 올려놔. 그걸 꼭 나만 챙겨줬어.
어려서부터 기운이 좋았지. 공을 차면 애들이 못 이겨. 황소라 했
어. 어뜨케 기운이 센가. 한몫했지. 집에서 가축을 키웠거든. 토끼,
돼지, 소는 스무 마리까지 키웠고. 기운 좋으니까 일 소 두 마리 정
도는 거뜬히 몰았어. 한 마리 쉬라하고 한 마리 일 시키고.

근데 비 오고 흉년 드는 농촌 일이 영 안 맞는 거야. 애먼 하늘만 바
라보는 거지. 그때 저수지가 있나 뭐가 있나. 비가 안 오면 서로의
밭이나 논을 가는 거야. 뫼를 만들어 덩어리진 걸 다 부숴. 괭이로

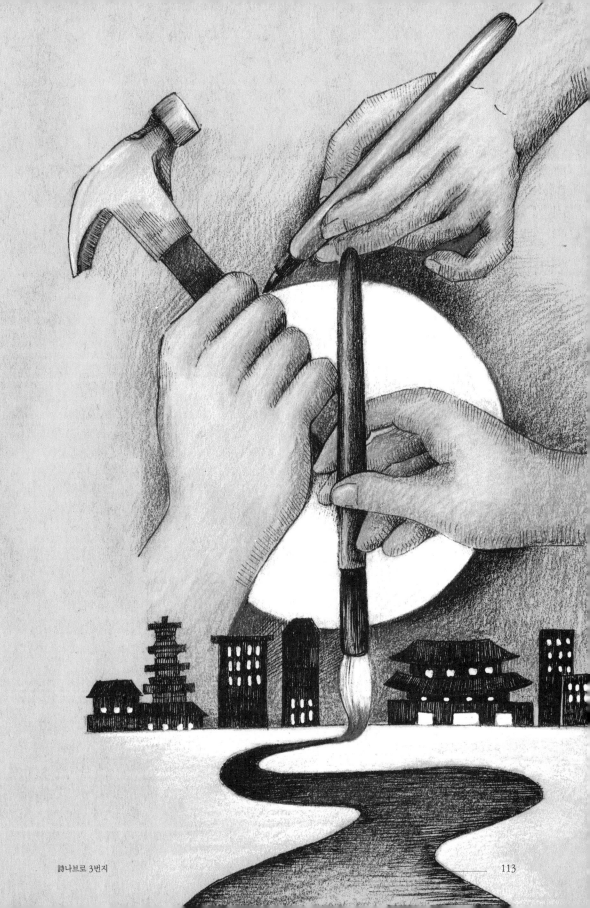

골라 비 안 오면 샘물 같은 우물을 만들어. 그 곁에 호미로 모를 심고 물을 주는데 하루에 얼마나 심겠어. 해도 해도 생활 허기가 안 차는 거야. 기술 아니면 학문을 배워야겠는 거지. 해서 열아홉에 중학교 시험을 치렀지. 명륜 중학교 그 옛날 향교. 명륜 대학인 셈이지. 두 칸, 세 칸, 다섯 칸 늘어 마흔아홉 명이 등교를 하게 되었어. 스물일곱 먹은 아기 아빠까지 왔으니 학구열이 대단했지. 중학교 2학년 10월 25일에 결혼을 했어. 한복 입고 가마 타고 온 신부를 만났지. 스무 살 그 무렵 결혼도 하고 나니 자꾸 도시로 눈이 가는 거야. 때마침 친구가 아파트 건설 현장을 제안해서 그리로 갔지. 지금이야 기계로 다 하지만 그 땐 사람 손이 많이 갔거든. 사오 년 현장에 있다가 한옥 목수 일로 넘어가 구름인듯 떠 삼십 년 보냈어. 문화재 삼천백십 호까지 아늑하게 지어놓고 한옥 기능장 소리 얻었으니.

처음부터 집 지었으려고. 처음에는 촌에 소집, 돼지우리 뭐 그런 거 짓는 거지. 그러다 채각(彩閣) 짓고 절 짓고 각 처 다니며 문화촌 문화재 관리 보수도 하고 기능직 자격증도 따고 그랬지. 그렇게 순서를 밟은 거지. 무엇에든 의욕이 많았어. 중학교 때부터 언어를 곧잘 했거든. 교과서 집필하는 일도 해 보고 싶었고. 그런데 끈기가 부족했는지 용기가 부족했는지 미생이 되고 말았지.

잠시 詩었다 가자

이천 년 무렵인가? 다시 부안으로 가 서예실에 입교했어. 목수일 할 때 말이야. 한겨울이었지. 나주 다보사 지붕이 다 헐어 보수를 하는데 그 절 스님이 서예가였어. 저녁을 먹고 앉았는데 방 책상에 붓이랑 벼루가 있는 거야. 기다랗게 펼쳐진 화선지를 넓 놓고 바라보고 있으니 스님이 써보겠냐 하시는 거지. 한 수 가르쳐 달라 해서 일하는 한 두어 달 배웠지. 아주 즐거운 거야. 익혔다고 충정공파 우리 집안 보첩에 글씨를 붓 펜으로 쓰니 또 취미가 붙어 돈독히 살려야겠다 싶었고. 부안 시내에 '진목회' 서실이 있다 해서 찾아 간 거지. 얼결에 서예가 되어 특별한 재주를 두 가지나 지닌 사람이 되었어. 팔십 육 년 보람되게 달렸지. 나이가 들긴 하는지 몸이 예전만 못해. 마음 즐겁게 살다 가려고. 십 오 년 된 도라지 크는 거 바라보는 재미가 좋아 이런저런 약초 키우면서 그 과정이나 특징도 기록하고 있어.

힘써 살아온 기억은 생생하기 마련이야. 보통의 기억은 금방 사라져. 노래 한 가락도 말이야. 호가 송재야. 솔 송(松)자에 신예 재(才)자를 써. 남은 날들 선하게 선하게 돕고 사는 그런 날들 만든다 생각하며 기쁘고 즐거우려고.

목수의 붓

박영녀 시인

다섯 살까지 할머니 손에서 자랐다
인삼 넣어 만들어준 백 편에선 할머니 손맛이 났다
황소라는 별명을 얻던 날
어린 가슴엔 앞으로 못할 일이 없다는 용기가 심어졌다
제대하고 농사도 지어봤다. 소도 키워보고
공사장에선 발이 몸보다 바빴다
돌고 돌아 나무를 만났다
소집 짓고 집 짓고 절을 지었다
금 간 문화재도 보살폈다
나무를 만질 때면 할머니 주름진 손을 만지는 것만 같았다
그 자리에서 마음이 제일 안전했다
끈기 있게 결 따라 살다가도
실눈 뜨고 바라보는 세상
수평 맞추며 먹줄 튀겨 금을 그었지만
삶은 녹록하지 않았다
그래도 묵묵히 살았다
나뭇결을 빼닮은 그 묵묵함에

한옥 목수 중요문화재 기능장도 되었다
목수일 하면서 취미로 배운 붓글씨로
집안 충정공과 손자까지 붓으로 보첩도 썼다
여든여섯, 내가 할머니 그 나이 되어보니
세상이라는 허공에 기둥이더라
거친 목수 손으로 잡은 가는 붓
한 획 한 획 써 내려간 세월
평생 나무 만지며 살아온 인생이
까만 무늬로 탄다

전북 남원 손동면 부락서 태어났지. 여섯 살 되든 해 아버지가 돌아가셨어. 딸 셋 중 난 막내고. 어머니 고생 안 들어도 선하지? 당숙 소개로 언니들 선봐서 시집가고. 나도 전라도 남원 윤씨 집안으로 시집을 갔지. 12월 보름날 혼사를 올렸는데 군대를 가 버린 거야. 여울 시누 둘에 홀시어머니 그 시절엔 그정도 가난이야 기본이었지.

고개 넘어 고개라 안 하던가. 남들 쑥쑥 잘 생기는 아기 왜 안 들어서는지. 빼빼 말라 안 생기는 건지. 약을지어다 먹어도 소용없고. 스물한 살에 시집 가 스물일곱에 큰 애 낳았으니. 그 세월 보이지? 그래도 우리 아저씨랑 남의 밭이래도 보리며 무며 호박이며 열심히 가꿨어. 파는 게 문제인 거야. 언니들 가까운데 살지만 미안해 내밀지 못하겠고. 수박이고 참외고 농사가 문제가 아녀. 팔덜 못하는데 그 와중에 큰 애 낳고 뚱하던 애는 자꾸 들어서고. 하루는 시동생 남편이 집에 놀러 왔어. '내 도둑질 빼고 다 할 테니 손 쪼까 잡아주소' 바짓가랑이를 붙잡았어. 큰아들 눈이 땡그르르 한 게 잘은 몰라도 '저 눈은 공부시켜야겠다. 서울로 대학 보내야겠다.' 다짐하게 만드는 거야.

그렇게 서른두 살에 애 셋 데리고 무작정 서울 왔어. 어머니도 시골 어른들도 버스 정거장까지 나와 배웅들 했지. 영등포역 근처 십 오만 원 전세방, 쪼만한 방하고 구멍가게가 붙어 있었어. 가게 하며 살림하며 애들 키우며 그랬지. 열심히 살아도 돈이 줄더라고. 서울 살이 매워. 엄마한테 쌀 여덟 가마니 빚 얻어 달라 부탁하고. 방이 좁아 다리를 다 못 펴고 잤어. 꿈도 온전히 영화처럼 펼쳐진 적이 없지. 죄다 토막토막 토막 꿈이지.

열두 판자 놓고 위아래 사는 문래동으로 한 칸 옮겨 갔어. 이웃들 저녁이면 연탄불 피워놓고 장사들 하러 가. 나는 철물점 가게 벌여 놓고. 남편은 리어카 사서 고철 싣고 수원으로 안양으로 다니면서 집 고쳐주고 그랬지. 열심히 몸 움직이면 움직인 만큼 보상이 왔어. 백화점 출근하는 아가씨들 출근 시간 맞춰 떡 사다 놓으면 먹고, 먹은 만큼 장부에 적어놓고 가. 월급 타면 들고 와 외상값 갚고 가. 목돈 들어오는 재미가 또 한 달 고생 잊게 해. 그렇게 한 달이 일 년 되고. 그리 살다 보니 오늘이 되었더라고. 그리 바쁜데도 서울 살이에 규칙적으로 나는 짜투리 시간이 아까운 거야. 월마다 세를 낸다는 게 마음을 바쁘게 부축였지. 그 시간 그 짬이 아까워 연탄을 날랐어.

저 멀리 산 보이지? 영등포역에 내려 단칸방에 짐 풀던 시절이 저 산 바라보는 일만 같아. 이제는 아이들 모두 대학 공부 마치고 시집 장가가서 알토랑 같은 손주 안겨줬으니. 팔순 때 찍은 사진 들여다보니 모두 스물이야. 단출한 다섯 식구 서울 와 스물로 늘었으니 이만하면 서울 살이 훈장 받을 만하지? 그럴때면 서둘러 간 남편이 그리워. IMF가 터졌던해야. 나라가 어려우니 일거리도 없고. 이만하면 살만하니 남편보고 그만 쉬라 했는데 놀면 되냐고 신도림 공장을 맡아 시작했어. 짐 지고 계단 내려오다 굴러 그만 말 한마디 못하고 멀리 가버렸어. 영구차가 골목을 들어서니 동네 사람들이 골목을 삥 두르는 거야. 인정 많고 욕심 없는 아저씨 그 좋은 아저씨 어디 가냐고 나만치 울면서 서 있어. 우리 아저씨, 남들 흔히 간다는 제주 한 번 못 가봤지만 예순셋 요즘 시절로 치면 아직 청춘이지만 '잘 살았구나' 그 날 그런 생각이 들더라고. 그래도 한창 가을이긴 해. 예순셋이면.

남편 가고 육 년을 우리 어머니가 더 사셨어. 똥, 오줌 다 치우고 사년 더 사셨으면 백 세 인생 하시는 건데. 아흔 여섯에 가셨어. 돌아가시기 전까지 무도 잡숫고. 생일날 해 넘어가며 가셨지. 어머니랑 이 집안 같이 일궜지. 어머니 덕에 어린 애들 두고 나가 마음 편히 다녔던 거지. 남편한테 그랬어. 우리 할마이도 같이 돈 번 거나 다름없다고. 밖에 못 나가도 답답하다 소리 한 번을 안 했어. 김치도 냉장고도 없이 살아도 장사 나갔다 오면 김치 비슷한 걸 해 애들 먹이고 있어. 아들 먼저 보내고 그 마음 어떠했겠어. 사위에 아들에 갈비도 밥도 사주는 놈들 여럿인데 못 먹고 간 영감이 나도 목에 걸리는데. 그 옛날 '나가서 오늘은 맛 좋은 거 사 먹읍시다' 하면 '난 당신이 해 주는 게 참 맛있어' 어찌나 너스레를 떠는지. 커피도 석 잔을 타 와서는 '어머니꺼 내꺼 자기꺼'이리 주곤 했어. 어느 날은 뭐에 동했는지 어머니 소리 벗어 버리고 '엄마 엄마 나 너무 좋아. 내가 이리 집 짓고 살줄 어찌 알았어' 아이마냥 그리 좋아했는데. 누릴 기쁨만 잔뜩 남겨 두고 갔어. 두고 간 기쁨이 늘 축축해.

질경이꽃

김미옥 시인

질경이를 알런가 모르긋네
지천으로 흔한 것이야
내 세월이 질경이야
세상이 어찌 그리도 가난하고 모질었던지
쪽방 서울살이도 보따리장수도
소처럼 일했어
아이들 낳고 공부시키느라
먹고 사는 일 가리지 않았지
고생보따리 밤새도록 풀자면 끝도 없지만
다 살아지더라고 참 모르겠어
사는 게 어찌 이리 오묘한지
질경이가 약초로 쓰이는 거 알런가 모르겠어
나물로도 먹고 국도 끓여 먹고
씨는 또 약재로도 쓰이지
내 가냘픈 몸 질경이 같아
소 발자국에서 질경이가 핀다잖아
수레바퀴가 멈추면 일없는 거여
질경이가 꼭 그래 질겨
가끔 꿈결에 먼저 간 이들 보이면
아득하고 눈물겨운데
휘몰아치듯 고생한 세월이 자랑스러워
평생 비단옷 진수성찬은 없었어도

아들딸 손자들 바르게 자라
잉어처럼 예쁘게 사는 거 보면
내 가냘픈 몸
흥겨워 마냥 흔들려

첫째 둘째로 먼저 세상에 났으니 온몸으로 길 닦을밖에

강동구 암사동 팔 남매 둘째로 태어났는데 그 시절에는 경기도 광주군 구천면 암사리 이렇게 불렸거든. 세월이 흐르면서 서울로 흘러 든거지. 부모님 두 분 농사를 지셨어. 난 밭일을 주로 따라다녔지. 호미 들고. 깨밭도 매고. 논일보다는 주로 밭일. 자식 여럿이어도 어떤 일에 요긴한 손은 따로 있거든. 팔자가 어려부터 그렇게 각 잡아가는 거더라고. 아버지는 내 손을 줄곧 찾으셨어. 아버지 손을 잘 읽었나 봐. 대신 언니는 엄마 손을 잘 읽었지. 첫째 둘째 먼저 세상에 났으니 온몸으로 길 닦을 밖에. 해방 전에 태어났으니 닦을 것들이 좀 많았겠어.

학교 오가던 길이 눈에 선해. 과수원이 있었어. 비 내리는 날이면 버티지 못한 풋사과가 길 잃고 떨어져 있어. 과수원 철망으로 팔을 비틀어 넣어. 철조망으로 다시 데리고 나올 수 있을 법한 사과만 집어 들어야 해. 꼭 욕심내는 녀석이 한둘 있어. 그럼 팔도 사과도 안 빠져. 두 개 먹을 동안 얼굴만 시 빨개지고 머리에서 김 폴폴 나고. 어린 눈에도 그런 녀석은 미련타 싶었어. 아버지는 꽃나무도 과실나무도 좋아하셨지. 집안 뜰에는 앵두, 사과, 호두나무가 있었어.

앞마당 뒤뜰에는 꽃꽃꽃 꽃나무가 많았던 기억이야. 측백나무 울타리 집, 향나무 집 물으면 우리 집 묻는 암호처럼 사시사철 피었거든. 부유했냐고? 열심히 농사지어야 간신히 먹고 살 정도. 그런데 이상하게 속이 늘 뜨뜻했어. 아버지 덕이었지. 돌아보니 그래. 그게 어떤 힘이었는지. 어떤 밥이었는지를.

천호초등학교라고 부르더라고 지금은. 그땐 구서국민학교였어. 열 살 무렵 6·25전쟁이 터졌어. 학교가 폭격을 맞아 불에 다 타버렸어. 배우고 싶고 학교에 가고 싶어 죽겠는 마음 요즘 애들이 알까 싶었는데. 코로나바이러스 덕에 학교, 친구 이런 일상이 소중하다는 걸 알아차릴 수 있어 한 편 다행이지. 암튼 그땐 아흔아홉 칸 집이 있었어. 마을에 곡식 재워두는 창고가 많았지. 거기 모여 공부들 했어. 그 사이에 어른들이 학교를 만들어 주셨고. 다시 건립된 학교에서 육학년 졸업을 할 수 있었지. 그 전쟁 중에도 배움이 중요하다는 걸 그 농촌에서도 알았던 거야. 참 대단하지 우리 어머니 아버지들 말이야.

중간에 피난도 갔지. 마을을 떠난다는 게 가장 이상했어. 과수원도. 아버지랑 함께 일하던 밭도. 공깃돌 하던 골목도 죄다 여기 있는데 말이야. 광주로 조치원으로 두 번 움직였지. 큰아버지 댁에 소랑 달구지가 있었어. 어린애들은 거기 타고. 쪼매 큰 사람은 걷고. 지금이야 차편이 많지만 그땐 어디 그런 게 있어. 조치원에서는 닭장에서 잠을 잤어. 삼십 명, 대식구가 움직였지. 다시 마을로 돌아오기까지 한참 걸렸어. 그래도 다시 우리 집으로 돌아올 수 있으니 그게 어디야.

동생들 공부도 시켜야 하고 취직도 해야 하고 불광동이라는 곳으로 유학 왔지. 꽃꽂이, 미용, 손으로 익힐 수 있는 것들 익히느라 하루가 어찌 가는 줄 몰랐어. 하고 싶은 것도 많았고. 한번 시작한 건 끝장을 내야 했어. 밭일하던 버릇이 줄줄 따라왔나 봐. 동생들 공부도 그렇게 끝까지 성실하게 시켰어. 주말이면 회갑, 돌잔치가 많잖아. 꽃꽂이 부업도 하고. 일하고 동생들 돌보다 결혼을 스물여덟에 했어.

남편 대학 1학년 때 모임에서 만났어. 연애하고 대학 졸업하고. 군대도 갔지. 철원 최전방으로 면회도 가고 그랬지. 제대 일 년 앞두고 약혼식을 올렸어. 제대하고 68년도에 결혼했고. 칠 년 연애 중에서 삼 년 동안 주고받은 편지가 가장 애틋해. 군수과 부대장 대대장까지 나를 알았어. 하루는 면회를 하러 갔는데 초대를 받았어. 대대장 집에 말이야. 가끔 그때 생각이 나지.

결혼해 아이 셋을 낳았어. 삼 남매 예쁘게 낳아 봄꽃처럼 키우고 있었는데 막내 초등학교 2학년 되든 해 하늘이 애들 아빠를 훅 뽑아 갔어. 앓던 이도 아닌 생니를 그리 뽑아 가면 어째. 원통해도 시간은 가. 사십 년이 흘렀어.

일해야지 그냥 해야지 뭐. 오히려 살아져. 애들하고. 미용실하고 꽃꽂이하고. 사촌 언니가 미용실을 했어. 어깨너머로 수월하게 배워 자격증 딸 수 있었지. 꽃꽂이는 부업이 가능했어. 부지런하면 뭔들 못해. 남대문 가는 길이 반질거렸지. 내가 잡아당기면 남대문이 내 앞에 쪼르륵 와 있었어. 부지런하면 다 되는 거야. 돈 버는 것도 버는 건데. 일이 있잖아. 일을 주잖아. 일 덕에 잊을 수 있고. 무엇보다 애들 배 안 곯으니 조금은 행복하단 마음도 들고. 벌써 봐, 몇 가지를 얻는 거야. 미용실에선 사람들 머리가 꽃인 거고. 고향 집 앞마당 꼭 가야 내디뎌야 마당인가. 내 마음에 꽃 피우면 어디든 마당인 거지.

얼마 안 됐는데. 그림도 그리고 서예도 하고 시로 등단도 했어. 한

국일보 서독 지사장 초청으로 한독 100주년 수교작품 전시에 작품
도 걸어봤어. 그 덕에 유럽을 눈으로 만질 기회를 얻었지. 그중 시
가 제일이야. 보이지 않는 것들이 변하는 중임을 느껴. 민감한 감수
성에는 주름이 덜 가는가 봐. 나처럼 확확 나이 들지 않는 것 같아.
덜 녹슨 것 같아.

아버지가 시, 그림, 글씨 열매 맺는 나무를 내 안에 여럿 심어 두신
게야. 마당에만 심어 놓은 줄 알았는데. 밭일하는 동안 밭도 나도
돌보신 거지. 연애할 때 아버지랑 둘이 경복궁에 아이스쇼를 보러
갔더랬어. 남편하고 보고 와서 너무 좋았거든. 아버지 "우리 딸이랑
얼음판 내려오는 천사를 봤어!" 마을 골짝 골짝 스며들도록 자랑하
고 다니셨어. 훗날 굴곡진 사연 남기려 하셨는지 글쎄 결혼하는 날
두 분 다 못 오신 거야. 아랫방 세 준 새댁이 갑자기 아기를 낳은 거
야. 하필 그날 애를 낳는 바람에 두 분은 결혼식에 못 오셨고. 큰아
버지가 대신 팔을 잡아 주셨지.

귀퉁이에 피어도 꼿꼿하게 살면 되는 거지. 그러다 보면 봄 되고,
꽃 펴.

농부의 딸

김미옥 시인

팔 남매 둘째 딸 옥수
흥 많고 정 많던 아버지
밭일 다닐 때면 달고 다녔지
일머리 타고 난 옥수는 손도 야무져
순하고 영특하게 자라는 농부의 딸이었지
전쟁 나 피난도 겪었지만
측백나무 울타리 옥수네 집 위로 오순도순 자랐지
서울로 유학 가
고단한 세상살이 속에서
시심을 키우는 소녀로 자란 옥수
별만으론 세상이 반짝일 수 없어
사람의 솜씨로 환하게 비추는데
옥수가 꽂은 꽃꽂이가 그렇고
옥수가 심은 글씨가 그랬어
그림은 또 어땠고.
가을날 밑천이지만

누구나 다 펼칠 재간 아닌

고운 결 간직한다는 게

쉬운 일인가?

그건 사랑의 빛이야

연애편지 칠 년 동안 써내는 일이나

사시사철 동생들 등대지기 되는 일이나

가슴에 불씨를 간직한 사람만이 할 수 있는 일

저마다 자신의 삶이 아름답길 원하지만

헌신과 따뜻함이 지피는 원료인걸

꽃과 나무를 사랑했던 아버지의 딸이라서

절로 알아차린 마음인걸

내 고향 그 부락이 나와 같이 나이 들어가는 거 위안이 돼

개봉리였어. 52년도 그때는. '개봉리 155'에 울음을 박고는 한 번 뽑은 적 없으니 평생 '개봉리 155'이 집 나무 인 거지. 조부모님 부모님은 말할 거 없고. 마을에 흐르는 길이 혈관 되어 가족들을 연결해줬어. 작은아버지를 비롯해 형제들이 그 길목 안에 다 살았거든. 2남 2녀 장남이었어. 나는. 아래 동생하고 터울이 십 이년이야. 깊지.

아버지가 지금 오류초등학교 당시 소사 국민학교 오류 분교 선생님이셨는데. 대여섯 살 되던 무렵 서울시 토목직 공무원으로 직업을 전환하셨다고 들었지. 어려서라 들은 기억인데. 걸음마 할 무렵이 정전협정 그 시절 개봉동은 평온한 동네였다더라고. 농사가 주 수입원이었다고. 농사짓는 분들이 많았는데 6·25전쟁이 터지면서 개봉, 오류 지금 경인로 그 인천상륙작전이나 북한군이 도주할 때 남부순환도로랑 한영신학대학 산 인근에서 치열하게 전투를 벌였던 그런 역사 깊은 곳이라더라고. 휴전 이후에는 이전처럼 잘 사는 농촌이라기보다는 배곯지 않고 살아가는 그런 터전 정도. 그런 터전도 이젠 도시화 되면서 다 없어졌지 뭐. 사진으로라도 남아있으면

좋았을 것을. 안타까울 뿐이지. 어려서 유독 하얗단 소릴 많이 들었던 것 같아. 이 마을서 자라 대학은 사대를 갔어. 중간에 ROTC 입대해서 십일 년 만에 제대했지. 비 오거나 눈 내릴 때 장화 없으면 오 갈 수 없었어.

개발이 덜 되어서. 다시 돌아 왔을 때 내가 마을에 뭔가 역할을 하면 좋겠구나 하는 생각이 들었지. 세상이 순간순간 바뀌잖아. 그럴 때 자기가 나고 살던 곳이 의미로 남는 거니까. 내 고향 그 부락이 나와 같이 나이 들어가는 게 위안이 되. 눈 감으면 어린 시절 썰매 타고 팽이 돌리고 제기 차던 그 날이 팔딱이며 살아나거든. 한 공간에서 타임머신을 타는 행운을 얻을 수 있으니 얼마나 좋아. 오류하면 또 청참외가 알아줬지. 교과서에도 실렸지 왜. 그렇게 우리 할아버지 아버지 사신 자리에서 나도 애들 넷 낳고 아버지로 이렇게 나이 들어가고 있어. 요즘은 하도 안 낳으니 낳아 달라고 지원해주잖아. 그 땐 그런 게 어디 있어. 심지어 셋째, 넷째는 의료보험 혜택도 못 받았는걸. 세상이 바뀌면서 지방자치제가 도입되기 시작했어. 91년도지. 기초의원 그러니까 지금의 구의원이지. 낙후된 마을을 주도할 일꾼이 필요했던 거지. 어르신들이 힘이 되어주셨어. 나가 보라고. 네가 해야 안 되겠냐고.

오십 명 구의원이 꾸려진 거지. 그렇게 의정 생활을 시작했어. 그래

지방토후세력이나 결탁 된 세력, 자기 사업하는 의원 뭐 가지각색이지. 우려하는 마음 많았지. 서른아홉이었어. 그때 집요하고 추적할 것들 끝까지 물고 늘어졌어. 불이익 생길 건 두렵지 않았고 무엇보다 무서울 게 없었어. 머리카락도 까맸어 그땐. 동료 의원들은 오십 대 선배였는데도 모두 나를 어려워했어. 정중하게 그렇지만 냉정했지. 그렇게 딱 팔 년 했어.

이제는 마을 곳곳이 은퇴한 내게 놀이터지. 경로당에서 추석 전날 삼대가 모여 송편도 빚어 나눠 먹고. 또 구의원 할 적에 인연 맺은 영등포 교도소가 있어. 지금은 옮겨갔지만, 그땐 요 옆 동네 있었거든. 거기 교정위원으로 들어가서 그때 연 맺은 수강자를 지금까지 만나지. 상담도 하고. 사회 돌아가는 거 얘기도 나누고. 영치금도 넣어주고 그랬거든. 지금은 천왕으로 옮겨갔지. 출소해서 연락이 와. 얼마나 해사하다고. 통상 취업들이 힘들어. 말썽 피우던 근성이 있어 취업을 시켜줘도 다시 말썽부리기 일쑤고. 덩치도 산 만해서는 내 앞에선 쩔쩔매. 편지도 종종 받아. 사람 앞에서는 몸 사리지 않게 되는 것 같아. 젊어선 유독 더했지.

한번은 학원을 마친 아이들이 정문이 아닌 낮은 담을 넘어오다가 가스통을 넘어뜨린 거지. 넘어지면서 호스가 부러진 거야. 가스가 그리로 새 나오는데. 마침 그 길을 나는 지나는 중이었고. 순간 아찔하더라고. 다들 어쩌지 못하고 서 있는데. 인근 자동차가 시동을 걸다 스파크라도 나면 작은 불씨 하나에 모두 끝나는 거잖아. 달려 갔지. 이게 안 잠기는 거야. 왜 수도꼭지는 바른 쪽이 여는 거잖아. 가스는 반대인 거야. 그래서 간신히 잠그기는 했는데 남아 있는 가스가 완전히 제거될 때까지 인근에 못 오게 해야 해서 그것까지 막 았지. 손뼉을 쳐 주더라고. 차도 다 세우고. 골목을 차단했으니. 지금 푸르지오 아파트 있는 길 중간에서 있던 일이야. 아이러니해. 마을 구석구석 인연이 많아.

우리 애들은 너무 마음 주지 말라 걱정도 하지. 그런데 눈빛 보면 내가 얘기할 때 지들도 반짝반짝 거리는 게 보여. 젊어서는 까다롭고 어렵고 부담스러웠다는 소릴 많이 들었지.

원칙이 중요했어. 그리해야 맞는 거잖아. 근데 너무 그리해도 안 된다는 걸 군대에서 느꼈어. 내 성격이나 인생을 조금 바꿔보자는 생각을 그때 했지. 쉽지 않더라고. 부드럽고 온화하고 여유 있는 성향은 여전히 배울 부분이고. 갈수록 부모님 생각이 늘어. 아버지 돌아가시는 걸 봤던 터라 더 그런 가봐. 어느 땐 아버지 모습이 어느 땐 어머니 모습이 내게서 보여. 느닷없을 때 튀어나오는 내가 여지없이 그 옛날 어머니고 아버지야.

개봉등(燈)

박영녀 시인

수돗물 날로 마시던 시절
하얀 얼굴 소년
사범대로 ROTC로 흘러
사내 되어 안착한 개봉동
오빠 면회 온 아가씨와 연 닿아 혼인해
구석 구석 동네 매만지는 동안
구름처럼 자식도 집도 보살핀 아내
농자천하지대본이었던 땅 위로
밥 벌어먹지 못하는 지붕들만 눈에 띄어
기웃거리며 퍼주고도
마음 비비는 게 그저 좋았던 오지랖
달랑달랑 주머니 비어도
이웃 결혼식 가 앉았고
이웃 상갓집 가 앉았어
새벽부터 새벽까지
내 일 아닌 일에 온 힘 다해 달리고 오면
콩나물국도 잠도 달아, 아주 달아
아무렴, 잡아 말리지 않는 아내 덕에 해냈지
하루는 온통 쓸모 있는 날이다가도
하루는 온통 부질없기도 해
그런 날 마주 앉아 살아온 길 되짚는 거지
부부란 글자가 마주 보고 앉으라잖아
우리 부부 개봉동 밝히는 등불이었어
마주 보는 빛이었어

詩나브로

4번가

시(詩)로 틔운
동네 골목 어르신의 삶

잘 살았다, 울 엄마

박영녀 시인

중신아비 부풀린 풍선껌에 속았다
친정아버지 인쇄소 차려줬건만
고비 못 넘기고
6살, 3살, 뱃속 아기마저 남겨두고 떠났다.
신은 나에게 명(命)짧은 남자를 주었다
아이들은 여기저기 흩어지고
남편 주머니 속 구겨진 천 삼백 원 밑천 삼아
다라에 시금치 행상을 했다
리어카로 갈아탔지만, 노점상 단속에
내 집처럼 들락거린 파출소
종잣돈 오천 원과 맞바꾼 세신사 자리
남의 몸 씻겨주고 나면
내 몸에 소금꽃이 환하게 피었다
서너 시간 쪽잠 자고 일해도
어린 자식들 생각이 잠보다 달았다

악착이라는 삶이 마련해 준 집 한 칸
삼 남매 모이던 날
가족이 낯설어 귀퉁이에 앉아 큰엄마만 찾던 막내
새끼들 때 한 번 밀어주지 못했어도

한 푼이라도 벌면 되었다
난소에 생겨 난 내 허물이
남의 허물 고만 밀어주라며
발길을 막아 세웠다
타인의 허물 더미에 갇혀
내 허물 보살피지 못한 세월
삼 남매 이름 오롯이 새겨진 카드 석 장이
함께하지 못했던 시간을 차곡차곡 메운다
이만큼 잘 컸노라고
오늘의 여백을 다독인다

잠시 詩했다 가자

한때 배우였다

박영녀 시인

서울로 유학 와
영화 '딸 칠 형제' 단역으로 출연했다
군대 다녀온 사이 영화사는 간데없고
배우를 꿈꾸는 동안 배는 쪼그라들었다
서울역에서 영등포까지 다방을 돌며
필요한 물품 팔던 고학생 시절
문화부 기자에서 지방병무청 공무원으로
배우는 한때 꿈 되어 저만치 멀리 두었다
공주 남자는 전주 여자가
첫눈에 남아 결혼했다
퇴직하고 새로이 맞은 인연, 오류
틈새에 떨어져도 잘 자라는
오동나무가 많아 오류인 이곳
문구점을 하고
편의점도 하다
이제는 숲을 해설한다
한 달의 절반을 숲에 깃든다

칠성무당벌레에 찍힌 점 하나도 까닭이 있다는 걸
팔십 되어 알아차린 깨달음 안고 숲을 향한다.
하늘로 돌려보내는 장례식 봉사도 마다치 않는다
그러고도 아쉬움이 남아 꿈을 꾼다
고향 땅 어귀에 생태공원을 꾸려
휘영청 경운기 끌고 다니는
영화처럼 살아 끝내 배우로 매듭짓는
그런 꿈을 꾼다

잠시 詩있다 가자

끝나지 않은 노래지만

열아홉에 점쟁이 중매로
스물아홉 남자 얼굴을
결혼식에서 처음 보았다
창공을 날아오르는 봄날의 새를 꿈꿨고
여우 굴에서 벗어나고 싶었지만
들어간 곳이 호랑이굴이다
기술 하나 없이 몸뚱이 하나로
벼랑에서 죽기 살기로 싸웠다
남편은 한여름에 용광로 불꽃과 싸우고
여자는 부푼 젖 빨아대던 막둥이 떼어놓고
공사 판에 뛰어들었다
모래를 짊어지고 아파트를 오르내렸다
퉁퉁 부은 젖을 짜낼 때
아기도 울고 엄마도 울었다
십오 년째 아린 남편을 위해
찹쌀죽을 쑤는 여자
경기가 좋지 않아 식당일도 띄엄띄엄
걸려오는 전화에 귀를 쫑긋 세운다
내일은 할미 순댓국집으로 일당 벌러간다
환한 박꽃 웃음처럼
아직 끝나지 않은 노래지만
점쟁이 복점 기다리며 산다
그럴 날 기다리며 산다

끝없는 사랑

김미옥 시인

사랑은 속력을 내며 가슴에 뛰어 들어왔다
그렇게 아내가 되고 엄마가 되었는데
타고난 사랑의 속도는 멈추지 않았다
세상의 모든 어머님은 강하지만
내 어머님 일생이 특별하듯
입 벌린 풍파 속에서도 기도의 내용은
오직 자식들을 향해있었다
일신의 편안함은 안중에 없었다
하나님의 가르침 따라 겸손하게 따르니
자식들도 사랑으로 자랐다
참고 견디는 게 일생이었지만
얼마나 눈물 겨운가?
가난 한 건 부끄러움이 아니고
더 챙겨주지 못한 애틋한 마음
새벽이 오기 전에 일어나고
세수 물 하나 허투루 버리지 않은 살뜰함
내 몸 아픈 것 보다
더 아픈 건 자식들 걱정

세상의 모든 어머님은 현명하지만
내 어머님의 지혜가 특별하듯
오늘도 하나님 앞에서 조용히 기도한다
더 바라지 않고
아프지만 않게 하소서

목수의 꿈

김미옥 시인

저 우뚝 선, 집들의 영광을 보아라

마디마다 박힌 질박한 생의 기쁨을 보아라

나무는 나이테로 나이를 먹지만

목수는 손에 박힌 못의 숫자로 나이 먹는다

배운 게 목수 일이고

타고난 게 목수라면

집 짓는 일과

나무 심는 일이 다를까

불쑥 생겨난 것은 아무것도 없듯

작은 집은 작아서 섬세하게

큰 집은 깊고 넓게 뿌리 내리기를

엄지와 검지의 지문이 닳도록 일했다

굽은 대로 뻗어가도 멋진 나무

투박한 손에 박힌 옹이는 훈장

굳은살 위에 지어진 튼튼한 집들

마음이란 연장이 없었다면

여기까지 오지 못했다

그 속에 환히 웃고 있는

생의 이파리들을 보아라

있는 그대로의 나무
멈추지 않는 목수의 꿈

옛날이야기 하나 해줄까

박영녀 시인

그때가 88올림픽 다음 해였지
마음 모질지 못한 게 죄였어
남편이 벌어다 준 돈을
빌려줬다 못 받은 죄
보증 잘못 섰다가
금쪽같은 남편이 다 갚게 만든 죄
괜찮다 하지만 힘들어하는 남편
얼굴을 볼 수가 없었어
가족 만류에도 불구하고
조리사 자격증 하나 들고 일본행을 결심했지
비자 한두 달 연기하고 두 달이 되었어
오사카 돌아 동경까지
삼 년의 봄을 한식당에서 보냈지
다섯 시에 한 끼 먹는 날 많았지만
형제자매들의 기도발 그 힘으로 버티고 버텼어
그때 나이 오십 줄
빚 다 갚고 구멍가게 한 칸 만들어 돌아왔지

지금 와서 세상 살기 좋은데
그 시절 얘기 하기 싫어
싫은 얘기가 다, 옛날이야기 됐어

흘러 흘러 왔어요

박영녀 시인

그해는 농사가 풍년이었다
외할아버지는 쌀 한 말
굴비 한 두름을 배에다 실어주었다
아홉 살에 엄마와 남동생과 피난 왔다
황해도 해주에서 서산으로
오류동까지 흘러왔다

열 살에 홍역을 앓았다
눈이 안 보여 귀도 어정쩡해졌다
아주 장님도 아니고
아주 벙어리도 아닌 채 살았다

고향이 같은 남편은 목수였다
사 남매를 두었지만
알콩달콩 키우지 못했다
살아생전 싫다 좋다 시원스레 말 한마디 않고
무뚝뚝하게 살다 갔다

고작 쓸 수 있는 이름 석 자 김미자
장애 카드 5급이 멍에처럼 따라다녔다

잘 들리지 않아 즐거운 줄 모르고
잘 보이지 않아 아름다움도 모르고 살았다

늙으니 다 똑같아 지금이 활발해
오히려 나이 먹으니 기운이 난다
복지관에서 점심 먹고 공원에서 놀다
시장 한 바퀴 돌면 하루가 간다

청소해놓으면
알토란같은 용돈 내 준 골목길
둥그런 달빛이 공평하게
흘러 흘러간다

잠시 詩었다 가자

오동나무 부부

김미옥 시인

월남에서 돌아온 새까만 풍운아
멋쟁이 청년으로 동네를 주름잡았다
극장 영사기사 꿈도 있었지만
세상이 만만치 않았다
그때는 모두 가난해서
쌀 두 가마니 들고 무작정 서울로 왔다
새침한 서울 아가씨와
선본 지 5일 만에 약혼했는데
박꽃처럼 어여뻐서 친구들이 부러워했다
셋방살이부터 시작해 무조건 일했다
가진 것 없는 사람은 몸이 보물이다
알밤 같은 아들 셋 낳았는데
식구가 많으면 셋방 얻기도 힘들던 시절이 있었다
집 없는 설움이 제일 컸지만
방 두 칸짜리 내 집을 얻었을 땐
마음이 벅차 잠도 오지 않았다

IMF 때는 더 열심히 일했다

그때도 가진 건 몸뿐이라서

손재주 몸재주 가지고 굳건하게 가정을 지켜냈다

아이들은 하나씩 짝 만나 가정을 이뤘고

나와 같이 해로한 박꽃 같은 아내와

오동나무가 많았던 동네에서 의지하고 산다

일이 끝나면 또 다음 일이

평생 일이 몸에 따라다녔지만

힘들다 원망하지 않았다

언제나 새까만 풍운아

시들 줄 몰라

시들지 않는다

잠시 詩었다 가자

사람을 읽고 시를 쓰다

김영현 _ 前 지역문화진흥원 원장

세상을 읽는 일은
사람을 읽는 것으로부터 시작된다

사람을 읽다보면
내가 보이고

그렇게
나를 써내려 갈수 있다

나를 쓴다는 것은
내일(來日)을 만들어 가는 과정인 것이다

그렇게 시인들은 가리봉에서 그가 아닌 나를 쓰기 시작했다. 그 과정이
『잠시, 詩었다 가자』로 온전해 졌다. 이 책은 가리봉 사람들의 기억이기도
하지만 시인들의 자기(自己)이기도 하다.

삶터이자 일터인 시간의 흔적이 남아 있는 곳이 시장 골목과 동네 골목이
다. 가까이 들여다보지 않는다면 이곳에서 만나는 이들의 삶의 궤적을 발
견하기란 좀체 쉽지 않은 일이다. 누군가 읽어 주지 않는 삶이 먼지처럼
바람에 흩날려 버려진들 누구도 아쉬워하는 이들이 없을 것이다. 그렇게
읽히지 않는 그들의 생은 바람에 얹혀 사라질 것이다.

고단하고 열렬했던 삶의 시간을 읽어내고 기록하고 마을의 풍경으로 빚어
낸 『잠시, 詩었다 가자』는 그들의 삶을 마을 그리고 다음 사람에게 연결하
고 기억하게 하는 질긴 동아줄이다.

일생의 족적이 마을의 풍경이 되는 과정을 담은 『잠시, 詩었다 가자』는 우
리네 근세기에 대한 기록이기도하다. 과거의 시간만이 그의 삶 일리 없다.
흘러들어 왔던, 어쩔 수 없어 들어왔던, 마을에 대한 선택은 희망의 끈을

놓지 않고 살았던 시간들이었다.

그 시간의 기억 속엔 사람들이 있다. 혼자의 시간이 아닌 모두에게 머문 기억은 사람을 읽는 시선의 힘, 머물다 가고 싶은 마음 되어 지난 삶에 대한 한없는 존중과 애정의 무늬로 전해질 것이다. 먹고 사느라 바빴던 시간에 대한 회한이나 강변이 아니다. 그동안 생각이나 말을 하지 못했던 가족과 이웃들에 대한 증언과 해석이다.

그 시간을 읽고 그들을 쓰는 시간이 시인들에게 있었다. 그 시간의 기록이 마을의 풍경으로 전한되는 과정은 화가의 손끝에서 다시 피었다. 삶의 기억은 따뜻한 시선을 가진 시인들과 화가에 의해 기록 되었고, 그것을 읽어 내는 이들에 의해 다시 기억 될 것이다.

기록의 과정과 결과는 책으로만 남아 있지 않으며 지난 삶에 대한 한없는 존중과 애정의 샘으로 솟는 중이다. 이제 작가의 시간을 넘어 『잠시, 詩었다 가자』를 읽는 이들의 '내일을 그리는 지침서'로서 역할을 제시 할 시간이다.

시장과 마을의 흔적을 삶에서 찾아 고스란히 골목과 골목에 붙들어 맬 때 『잠시, 詩었다 가자』로 온전해 진다. 스쳐 지나는 인연과 풍경이 존재하는 골목은 새로운 인연들에 대한 넉넉한 마음과 삶의 태도를 만들어 갈 교장(敎場)되어 세상이 아무리 급변한다고 해도 넉넉한 마음과 풍경을 들을 준비가 되어 있는 이들의 내일을 밝혀 줄 것이다.

우리에게 내일은 멀리 있는 희망이나 욕망이 아니라 바로 그 곳에서 만나는 사람들과 자신인 것을 발견하는 계기의 공간이 될 것이며, 사람들에게 읽히는 '누구나'는 '누구에게나'의 내일로 존재 할 것이다.

다시, 다른 내일이 오고 있다.

김영현
그림을 그렸다.
그림만 그리며 살기 어려웠을 것을 알아채는 시간의 지난함을 보냄.
사람들을 좋아 하던 자기를 발견
사람들에게 그림을 그리며 자기 삶을 그리게 하는 십년
그리고 지역의 일상과 삶이 예술이 되는 과정에 대한 응원과 지지 십년
이후 지역문화진흥원장을 하며 문화정책과 행정 이년
지금은 전남 장흥의 주민으로 살아가는 시간을 온전히 보내려 하고 있다.

김미옥 시인

성신여자대학 전통문화콘텐츠를 전공하였고 『시문학』으로 등단했다.
시집으로 「북쪽 강에서의 이별」과 「탄수화물적 사랑」이 있다.

박영녀 시인

『시에』로 등단했다.
공저 저서로 「프로방스에 끼어들다」와 시집 「아이스께끼」가 있다.

서영식 시인

『매일신문』 신춘문예로 당선돼 등단했다.
시집으로 「간절한 문장」과 시에세이 「툭하면, 인생은」이 있다.

유휘량 시인

『현대경제신문』 신춘문예로 당선돼 등단했다.

조하연 시인

동시와 시로 등단했다.
그림책 「형제설비 보맨」 「소영이네 생선가게」
동시집 「하마비누」 「눈물이 방긋」
시그림책 「가리봉 호남곱창」이 있다.

동네방네 그림책 시리즈

동네방네 그림책은
마을의 실제 이야기로 꾸려진 그림책입니다.
그림책을 통해 오랜 것의 가치를 다정하게 나누고 싶습니다.

1. 형제설비 보맨 [글 조하연 / 그림 카오리]
2. 소영이네 생선가게 [글 조하연 / 그림 성두경]
3. 희희희 미용원 [글 파프리카 클럽 / 그림 허회]
4. 철길을 걷는 아이 [글 · 그림 김명호]

그토록 시리즈

그토록 시리즈는
그대를 토닥이고, 또로록 떨어지는 눈물을 매만지고픈
'곁애(愛)'의 가치입니다.
상처에 바르는 연고처럼, 그대의 상처에 가닿고 싶습니다.

1. 이기미칫나! [글 청무치노 / 그림 이화준]

시(詩)장 시리즈

시(詩)장시리즈는
시장의 셔터가 닫히면 비로소 벌어지는 시(詩)장을 상상합니다.
소란한 낮을 딛고 까만 쓸쓸함이 깔리는 무렵, 한 생은 한 편의 시로 뜹니다.
골목이 서가가 되고 마을이 박물관이 되는 상상을 오래도록 하고 싶습니다.

1. 가리봉 호남곱창 [시 조하연 / 그림 손찬희]
2. 잠시, 詩었다 가자! [글 조하연 / 시 시창작연구소 詩소 / 그림 고희진]

잠
시

—

—

詩
었
다
가
자